LE PETIT BONZI

Sorj Chalandon est un journaliste et un écrivain français. Après avoir travaillé trente-quatre ans à *Libération*, il est aujourd'hui membre de la rédaction du *Canard enchaîné.* Ses reportages sur l'Irlande du Nord et le procès Klaus Barbie lui ont valu le prix Albert-Londres en 1988. Il est notamment l'auteur d'*Une promesse* (prix Médicis en 2006), de *Mon traître*, de *La Légende de nos pères* et de *Retour à Killybegs* (Grand Prix du roman de l'Académie française en 2011).

Paru dans Le Livre de Poche :

LA LÉGENDE DE NOS PÈRES

MON TRAÎTRE

LE QUATRIÈME MUR

RETOUR À KILLYBEGS

UNE PROMESSE

SORJ CHALANDON

Le Petit Bonzi

ROMAN

GRASSET

ISBN : 978-2-253-11845-9 – 1re publication LGF

À Mélinée, Sarah, Dorothée

C'est en mars 1964 que Jacques a mangé de l'herbe pour la première fois. Il en avait mangé avant, bien avant, beaucoup et des jours durant, mais la première fois qu'il a mangé de l'herbe et qu'il a guéri c'est en mars 1964, c'était le soir et il avait plu.

— C'était quand déjà, la première fois que tu as mangé de l'herbe et que tu as guéri ? lui a demandé Bonzi.

— C'est en mars, c'était le soir et il avait plu, lui a répondu Jacques.

C'était le soir. Il avait plu. L'herbe avait son goût d'orage, une saveur écœurante faite de terre, de lourd et d'étang. Jacques était à genoux. Il fouillait le sol humide à deux mains. A cause d'un éclair, il a levé la tête pour la première fois. Les façades sont devenues violentes, blêmes comme des oiseaux bouillis. Il a sursauté. Il s'est figé au fracas blanc.

— Regarde les fenêtres pour voir si on te voit, a murmuré Bonzi.

Alors Jacques a cessé de creuser et il a regardé les fenêtres.

Il a regardé mademoiselle Lannoy. Elle était dans l'embrasure, au premier étage de Canari, silhouette légère masquée par un pli de rideau. Il a regardé les frères Fayon. Le grand Lucien, qui est méchant, et Roger qui est dans sa classe. Ils étaient là, épaules contre torse, avec la petite Sophie qui courait bras en l'air. Il a regardé monsieur Le Goff au deuxième étage de Perruche, bien droit, ses mains de marin sur ses hanches et sa fenêtre grande ouverte au temps. Il a regardé Luc Vandemer, dans la lumière éteinte, balayé en spectre par un débris d'éclair. Il a regardé madame Fayolle, toute seule et toute voûtée. Elle avait posé une main contre la vitre, en auvent sur son front, et de l'autre, elle retenait le pan de son habit. Il a aussi regardé la fenêtre obscure de Martine Giboulet, le rideau clair désert sans elle dans le recoin. Il se souvient que tout était tendu, tout était inquiet. Et plus l'orage grondait et plus les ombres étaient nombreuses. En les voyant, Jacques a pensé aux animaux tremblants de la forêt qui brûle. Il a pensé à la peur des cavernes racontée par Richard Vandi, quand les hommes ne savaient pas que le jour se relève. Il a pensé à la peste de son cours d'histoire, à Manu, qui raconte les grelots attachés aux cous des mourants pour que les vivants aient le temps de s'enfuir.

— Je crois que personne ne t'a vu, a dit Bonzi.

Jacques n'a pas répondu. Il n'a jamais su si madame Fayolle l'avait vu, si Vandemer l'avait vu, si le petit Fayon l'avait vu. Si quelqu'un l'avait observé, accroupi contre son mur et les mains dans la glaise, un peu gêné, un peu pressé, un peu fiévreux, entre le trottoir usé et les herbes noires. Lorsqu'il a levé la tête pour la seconde fois, les fenêtres étaient mornes et les croisées désertes.

L'orage était descendu vers la Saône, reparti ailleurs faire peur à d'autres gens. La pluie avait cessé. Le bac à sable gardait une croûte humide, le banc cassé luisait du réverbère orange, les acacias ne bruissaient plus de rien. Juste, les herbes froides trempaient ses mollets nus, ses cheveux mouillaient son cou, un vent léger frisait son visage et la terre collait à ses semelles en petites choses sales.

La pluie avait cessé. Le soir s'en était allé avec. Sa lumière silencieuse avait suivi l'orage pour faire place aux nuages de nuit.

— Même si quelqu'un t'a vu, personne n'a compris ce que tu faisais, a encore dit Bonzi.

« Tiens, le petit Rougeron a perdu quelque chose », aurait pu croire madame Giboulet, dont la fenêtre est juste en face.

« C'est pas le petit Jacques qui cherche ses clefs ? », aurait pu dire monsieur Cottereau en fermant ses volets.

Personne ne sait que Jacques n'a pas de clefs.

La résidence s'appelle Gloriette. Cinq rectangles de cinq étages. Chaque immeuble porte un nom d'oiseau écrit en lettres noires, et chacun sa couleur. Ibis en vieux rose, Perruche vert usé, Canari jaune sale, Cygne gris cendre. Et c'est en face, contre le mur bleu de Mésange, que Jacques Rougeron creusait.

Il avait arraché des herbes. N'importe lesquelles, n'importe comment. Il les avait coupées en vrac, enfouies dans sa poche, ramenées à la maison, mélangées dans un verre avec un peu d'eau et puis bues. Parce que tout guérissait avec l'herbe. Il le savait. Il l'avait lu. Il en était certain. Vandi le lui avait encore répété, en février sur un banc de la place de Trion.

A Saint-Just, il y a même un endroit qui ne vend que ça, de l'herbe pilée, dans des bocaux sombres, avec le nom des maladies inscrit sur des vignettes bleues.

Constipation, rachitisme, mal au foie, céphalée.

Jacques Rougeron est souvent passé devant cet herboriste. Quand il en approchait, il faisait le lointain, le préoccupé, le simplement passant. Il marchait sur le trottoir. Il flânait. Il tardait un peu. Il comptait cinq pas devant la vitrine en lisant chaque vignette, le regard désert comme on contemple un lac.

Goutte, *Insomnie.*

Une fois, il a failli entrer dans le magasin. Il a failli entrer et dire :

— Bonjour madame, bonjour monsieur, je cherche une herbe pour me guérir.

Depuis la rue des Macchabées, il s'était dit qu'il le ferait. Il s'était dit que cette fois, il allait entrer. Il allait pousser la porte. Racler sa gorge comme papa Rougeron. Regarder ici, là, de l'autre côté. Lire les bocaux, détaché, comme maman Rougeron lorsqu'elle choisit des fruits. Rien de plus, rien de grave. Juste pousser la porte, entrer, faire quelques pas et demander l'herbe à le guérir.

Il a descendu la rue. Il est arrivé à la vitrine. Il a posé la main sur la poignée de porte. Il a regardé sa main sur le cuivre orangé, sur le sceptre ailé enlacé de serpents. Des doigts d'enfant rougis, tout gourds, tout salis d'encre, tout noirs aux ongles. Des doigts d'enfant, et tout l'enfant avec. Et sa tignasse brune, et ses cheveux en épis, et son cartable de croûte molle, et son pantalon court, et ses chaussures mouillées, et pas d'argent. Du minuscule sur une poignée trop large, et tous ces mots à dire qu'il ne pourra jamais.

Alors il est resté comme ça, dehors, dans la rue, sans plus oser entrer, la paume sur le froid, à relire les bocaux.

Pourtant il souriait. Jacques Rougeron souriait.

Derrière son comptoir d'apothicaire, monsieur Ramandier a remarqué le petit garçon pâle. Tout pâle, avec sur la tête des cheveux en désordre. Il a aussi remarqué son manteau de laine grise peluché au col, le fil noir d'un bouton manquant et sa main tremblante sur le caducée.

Il a aussi remarqué que Jacques Rougeron souriait.

Il souriait parce qu'il savait que son herbe existait.

Mais ça, monsieur Ramandier ne pouvait pas le savoir.

— Il existe aussi une herbe pour toi, avait affirmé Bonzi.

— Il existe aussi une herbe pour moi, avait répondu Rougeron.

Jacques savait qu'elle poussait quelque part, cette herbe. Peut-être dans l'espace étoilé, avec un nom compliqué comme ceux que papa Rougeron note dans son cahier à mots. Ou peut-être chez les Indiens d'Amérique, comme le disait Vandi. Mais peut-être aussi juste ici, à Lyon. Il savait que pour la cueillir, il suffisait de vouloir la trouver, de ne plus penser qu'à ça, de marcher les yeux baissés, partout, tout le temps, et de chercher.

— Marche les yeux baissés, partout, tout le temps, et cherche, lui avait dit Bonzi.

Bonzi, c'est son voisin, son ami de tout, son presque frère. Toujours, ils sont ensemble et depuis tout petits. Ils étaient ensemble à l'école maternelle, ils sont ensemble à l'école primaire, ensemble ils ont redoublé leur deuxième année de cours moyen. Le matin, ils partent ensemble, le soir ils rentrent ensemble aussi. Ils vivent au quatrième étage de Mésange. Bonzi est petit comme Jacques. Jacques l'appelle le petit Bonzi. Ils ont douze ans tous les deux.

— Je vais t'aider à trouver ton herbe, lui avait dit le petit Bonzi.

Alors Bonzi a cherché. Alors Jacques a cherché. Ils n'en ont parlé à personne. Ni à papa Rougeron, ni à maman Rougeron, ni à gros Richard Vandi qui connaît plein d'histoires, ni à Gérard Sicaut qui s'est cassé le bras, ni à Laurent Bonval, ni à Pécous qui est boiteux, ni à Mathieu Lhéris qui vient de Paris et qui tousse l'hiver à cause du fleuve, ni à Louis Charnay qui dit qu'il sait tout, ni à Bruno Musset, ni à Drelin Couturier qui n'a plus de parents, ni à Martine Giboulet. Il n'en a pas parlé non plus à Julien Menard qui louche, et à qui Jacques prend la main chaque matin, dans la cour de l'école, pour l'embêter, en disant que sans ça, le loucheux pourrait se perdre dans les couloirs. Il n'en a pas parlé à Laurain, ni à Vandemer, ni à Nicolas Poignant, ni à André Revol qui a un chien berger allemand. Et non plus à Lucien Fayon qui est très méchant.

Trouver l'herbe à maladie de Jacques, c'était le secret de Jacques seul et de Bonzi.

Des jours, ils ont cherché.

Jacques a mangé les pissenlits de la rue Commandant Charcot.

— Comment on fait ? a demandé Jacques.

— On ramasse, on lave et on mâche, a répondu Bonzi.

Jacques a mangé le lierre de la rue Benoist Mary.

— Comment on fait ? a demandé Jacques.

— On tire une branche, on enlève une feuille, on garde un peu de tige, on met ça dans l'eau chaude et on boit, a répondu Bonzi.

Jacques a mangé le lichen qui croûte le mur de la rue des Pommières.

— Comment on fait ? a demandé Jacques.

— On gratte avec l'ongle, on enlève l'humide et le salpêtre et on garde sous la langue, a répondu Bonzi.

Ils ont cherché des jours.

Jacques a goûté, grignoté, il a ingéré, avalé, bu toute les baies de la ville. Un matin, il a même mangé une ortie.

— Comment on fait ? a demandé Jacques.
— Comme pour le géranium, a répondu Bonzi.

Chaque soir avant de s'endormir, Jacques Rougeron prenait une nouvelle médecine d'herbe. Et chaque matin, assis sur les escaliers, au quatrième étage de Mésange, Bonzi attendait qu'il raconte.

— Alors ? Raconte, demandait Bonzi.

Mais Jacques passait devant comme s'il n'existait pas. Il courait. Il entendait son ami qui courait à sa suite. Il dévalait les escaliers, il traversait Gloriette en passant par le bac à sable, il sautait les quatre marches, il tournait à droite dans la rue Commandant Charcot, il prenait la rue des Pommières et puis il s'arrêtait dans la descente. Il était essoufflé, épuisé, un peu triste. C'était leur jeu à eux, chaque matin. Chaque matin, Jacques partait devant le petit Bonzi sans se retourner. Chaque matin, il faisait comme si son ami n'était pas là. Comme s'il était seul au monde. Et chaque matin, Bonzi courait à sa suite. Il dévalait les escaliers. Il traversait Gloriette en passant par le bac à sable, il sautait les quatre marches, il tournait à droite dans la rue Commandant Charcot, il descendait la rue des Pommières et il rattrapait Jacques. Toujours, c'est rue des Pommières que Jacques se laissait rattraper. C'était leur rue à eux. Une venelle étroite, piétonne, en pente folle, mal pavée, enserrée de murs plus hauts que des remparts. L'hiver, les cartables faisaient luges. L'été, la vigne vierge recouvrait l'ocre de la muraille. Il n'y avait personne, il n'y avait qu'eux deux. Jacques s'arrêtait brusquement. Il s'adossait aux pierres, laissait tomber son cartable à ses pieds. Il écoutait les pas frappés de Bonzi. Il se retournait. Faisait l'étonné. Disait :

— Tiens ? Tu es là toi ?

Et Bonzi riait.

— Pose tes questions, continuait Jacques.

Et Bonzi lui posait les questions de la nuit. Il lui demandait de raconter ce qui s'était passé entre le moment où ils s'étaient séparés et le moment où ils s'étaient retrouvés. Parfois Jacques ne disait rien, ou alors pas grand-chose. D'autres fois, il racontait la fureur de son père et remontait ses manches pour lui montrer les coups. D'autre fois encore, sa voix chuchotait le silence. Il disait juste ce qu'il avait mangé.

Depuis des jours, les questions de Bonzi ne parlaient plus que d'herbe.

— Alors, ça t'a fait quelque chose ?

— Rien, disait Jacques. Rien du tout.

— Tu l'as bien prise à minuit ?

— A minuit pile.

— Et tu l'as laissée un peu dans ta bouche ?

— Ça coulait sur mon menton.

— Alors ce n'est pas celle-ci. Il faut chercher encore, disait Bonzi.

— On a cherché partout, répondait Jacques.

— Tu as essayé les thuyas de l'église Saint-Irénée ?

— Les thuyas ?

Une poignée d'arbustes, plantés dans la cour de l'église, le long du mur, entre les tombeaux romains.

Le lendemain, Jacques Rougeron est entré dans la

cour de l'église. Il a posé sa main sur la grille, il a regardé le clocher carré.

Comment n'avait-il pas pensé aux thuyas plus tôt ? Il s'est assis sur l'une des tombes vides. Il pensait qu'il ne devait pas manger en marchant. Qu'il fallait prendre son temps. Fermer les yeux, mieux mâcher, bien mélanger la salive à l'herbe jusqu'à en faire un jus. Il a caressé la pierre du mort. Elle était crevassée, ridée comme une peau de vieil homme. Dans les gerçures, l'arbuste avait déposé ses petits fruits. Jacques a fait rouler les cônes d'écailles sous ses doigts. Il a aussi arraché quelques rameaux à la haie. Il a regardé sa paume de main. Il a fait une boule de ce vert et ce brun. Il a fermé les yeux. Il a porté le remède à la bouche. Un goût aigre, citronné, frais.

— Alors, ça t'a fait quelque chose ?

— Rien, disait Jacques. Rien du tout.

Ils ont cherché encore. De plus en plus loin. Sur les quais de Saône, sous le pont Kitchener, sur les quais du Rhône, du côté de la Fosse aux ours et de la place Moncey. Il a mangé de la vigne vierge. Il a mangé du bouton-d'or. Il a mangé de la fougère. Il a mangé de la capucine. Il a mangé un champignon d'arbre. Il a mangé du troène. Un jour que leur classe était de sortie, il a ramassé deux feuilles de chêne du côté de Tassin-la-Demi-Lune. Il a même avalé du tabac que lui avait donné Lucien Fayon, le méchant, le grand frère de Roger. Du tabac qu'il roulait dans sa paume de main.

— On pense aux herbes mais pas assez aux feuilles, avait dit Jacques.

— Les feuilles, ça fait rien, a répondu Bonzi.

— J'ai quand même mangé du chêne et du tabac.

— Ça t'a fait quelque chose ?

— Rien. Rien du tout.

Et c'est en rentrant de l'école, une fin d'après-midi, presque au printemps, qu'ils ont remarqué la verdure au bas de leur immeuble. Pas grand-chose. Un talus, un désordre de touffes qui longeait Mésange par l'arrière et par le côté. Bonzi s'est arrêté. Jacques s'est arrêté. Ils étaient suffoqués. Il avait mangé tout Lyon, tout. Sauf cette terre domestique qu'ils butaient du bout de leurs semelles, qu'ils écrasaient chaque jour en regardant ailleurs. Jacques a failli s'accroupir là. Tout de suite, sans lever la tête vers les fenêtres.

Il a failli arracher l'herbe en plein jour et la mettre à la bouche, mais Bonzi l'a retenu.

— Pas maintenant, a murmuré Bonzi.

Il a regardé le ciel. Il a regardé l'orage qui rassemblait ses foudres à l'ouest, du côté de Brindas. Il a conseillé à Jacques de revenir après, plus tard, juste avant la nuit, quand chacun sera feutré entre lampes et chevets, pour être certain que personne ne le verra creuser au bas de leur immeuble. Ni madame Fayolle, ni mademoiselle Lannoy, ni monsieur Le Goff, ni le méchant Fayon, ni Vandemer, ni madame Giboulet, ni monsieur Cottereau.

C'était le mercredi 11 mars 1964.

Bonzi s'en souvient parce que Jacques Rougeron note tout. Revenu dans sa chambre, il avait écrit la date à l'encre bleue dans sa paume de main. Puis l'avait recopiée sous son lit, au crayon à papier sur une latte de sommier.

C'est là que Jacques Rougeron se cache. C'est encore un secret.

Couché sur le dos, son crayon à la main, le visage enfoui contre le sommier de pin, il note ses mensonges, il note ses peurs, il note ses terreurs, il note tout ce qui se saura parce que le temps sait tout. Des riens juste entre lui et lui, des épouvantes de pain d'épice, des griffures de linotte, des effrois de gamin de douze ans. Ce qu'il masque, grime, dissimule. Il note tout cela précisément. Il le note pour se souvenir, pour après, pour plus tard. Pour relire ses frayeurs de rien quand elles ne seront plus.

Il lit :

« Samedi 12 mai 1962, midi. Je viens de dire à papa que j'avais eu 10 en français. J'ai déchiré ma vraie note. Il est content. Alors, demain après-midi, on va à la Fourmi voir le film "Les Pique-Assiette" avec Darry Cowl. »

Il lit :

« Mardi 4 février 1964. Il est 9 heures du soir. J'ai cassé ma montre d'anniversaire. Je le dis pas. Je fais

croire qu'elle marche. Mercredi 19 février 1964. Il est 8 heures du soir. Je fais toujours croire qu'elle marche. Vendredi 6 mars 1964. Il est 7 h 30 du matin. Je fais toujours croire qu'elle marche. Combien de temps ils vont croire ? »

Le voilà retourné sous son lit. Une main derrière la nuque, son visage à toucher le bois. En écrivant, Jacques écoute le silence de la maison. Il guette le couloir aux intrus. Dans une odeur de pin, de poussière et de sec, il relit tous ces mots devenus inutiles à force de temps. Parce que tout passe, et même les coups du père. Parce qu'avec les coups, la peur de ses coups cesse. Et ses coups cessent ensuite, et ses cris, ses reproches et ses regards mauvais. Parce que même les colères expirent. Alors voilà. Quand le secret est mort, quand son petit mensonge a été découvert et puni, il le raye. Quand tout est terminé, quand papa Rougeron a fini de crier, de taper, de claquer les portes et les dents, quand tout est arrangé, il gribouille la date pour dire que c'est fini.

C'est pour ça qu'il s'était glissé sous le lit, ce soir de mars après l'orage. Mais sans peur au ventre cette fois, sans mensonge à écrire, ni crainte de rien. Juste pour garder un souvenir. Parce qu'il le savait. Bonzi aussi en était certain. Cette herbe-là allait guérir son mal.

« L'herbe. Premier essai. Mercredi 11 mars 1964 », avait écrit Jacques Rougeron sur une latte de son lit.

C'était il y a huit mois. Il avait plu. Et ce soir, il revient creuser pour la deuxième fois.

Dimanche 29 novembre 1964

Il revient. Il revient, huit mois plus tard. Au même endroit. Au bas de son immeuble. Dans cette même argile lassée et en désordre. Comme en mars dernier, il a attendu la pluie, la fin du jour, une paresse d'obscurité.

— Surveille les fenêtres, lui avait dit Bonzi.

Jacques Rougeron observe la façade des immeubles. Il regarde Ibis, il regarde Canari. Il regarde aussi la lumière de chez lui, au quatrième étage. Papa Rougeron le croit dans sa chambre. Jacques est sorti sans prévenir. Il n'a pas le droit d'être là si tard.

— Si j'entends ton père crier à travers la porte, je viens te prévenir, a promis Bonzi.

Jacques Rougeron cherche une fenêtre moucharde, un regard, un rideau bougé, mais rien. Pas même Lucien Fayon qui fait pleurer les petits. Juste le silence. Le terne. Le dimanche.

Il revient à la terre. Il s'agenouille au milieu des plantes raides et grasses, entre le trottoir gris et le mur bleu. Ses bras plongent dans le gâchis. Il ferme les yeux. Il lit avec les mains, à l'instinct, animal. Il essaie de se souvenir des herbes de mars. Il lui faut les mêmes. Mais nous sommes en automne. Tout a changé.

Tout est plus froid, plus sombre, plus lourd. Il se souvient d'herbes dures. De tiges roides et coupantes, de liasses brouillonnes. Et aussi d'une brindille épineuse au velours ciselé. Et encore d'une racine, quelque chose d'enfoui, un rhizome feuillé qu'il lui a fallu extraire de sa gangue terreuse. Il croit se rappeler. Vaguement. Il essaye de refaire pareil. Cinq tiges acérées, deux épineux peut-être, et la racine. Une seule racine. Il est certain de ça. Une seule racine, pas trop épaisse, débarrassée de ses feuilles collantes. Il se revoit, au-dessus du lavabo, passer le bulbe sous le jet, le nettoyer soigneusement à la brosse à dents, le couper en deux, le râper à l'ongle et le verser dans un petit cornet de papier blanc.

Cela fait quelques minutes qu'il est là, tête baissée et les mains dans la nuit quand la lumière éclate. L'escalier de Mésange vient de s'éclairer. Son escalier. Du plus haut jusqu'à l'entrée. Il se fige. Il est prisonnier du halo blanc, un rectangle agité de néon grésillant.

Il se redresse.

Avant même de voir le petit visage cerné de gris, il sait. A travers la porte de son appartement, Bonzi a entendu papa Rougeron chercher son fils. Bonzi avait promis. Bonzi vient le prévenir. Jacques se lève brusquement. Il met tout l'humide de terre dans la poche de son manteau. Jacques Rougeron porte un manteau de laine grise, avec un bouton qui manque au col.

C'est le petit Bonzi.

Il a descendu les escaliers en courant. Il arrive à la porte de verre au moment où Jacques va la pousser. Ils sont face à l'autre, avec la vitre entre eux. Ils regardent leur même reflet. Jacques tient fort les herbes serrées dans sa poche. Il sent sous ses doigts les tiges, les feuilles et des restes de pluie. Il pousse la poignée grise. Il entre, et tout novembre avec, un souffle sombre et froid. Il regarde son ami. Bonzi ne parle pas. Il ne chuchote pas. Il reste muet. Il dit avec ses yeux. Il dit à Jacques la colère de papa Rougeron, il dit le tourment de maman Rougeron, il dit qu'ils étaient inquiets de son absence. Qu'ils ont cherché leur fils, regardé par la fenêtre, par la nuit, dans l'orange du sable à jouer, sur le banc cassé. Qu'ils ont scruté le ciel, la pluie, qu'ils ont même appelé deux fois dans la cour. Le regard de Bonzi s'affole de tout cela. Il dit aussi que la porte de chez Jacques est déjà ouverte. Que le paillasson est de travers à force d'impatience. Que papa Rougeron lève ses grandes mains de plâtre en criant. Avec ses yeux, Bonzi dit aussi qu'il va s'en retourner chez lui. Qu'il va rentrer dans son appartement par la porte d'en face, la porte de Bonzi. Mais qu'il entendra tout. Que tout l'immeuble entendra tout. Qu'il ne pourra rien pour Jacques. Qu'il bouchera ses oreilles à deux mains. Qu'il écoutera les coups quand même. Qu'il écoutera les pleurs quand même. Qu'il entendra le silence de maman Rougeron. Et qu'il aura peur.

— Il va te battre, dit Bonzi.

— J'ai mon herbe, répond Jacques.

— Mais il va te battre, dit Bonzi.

Jacques Rougeron regarde Bonzi. Il tient sa main serrée.

— J'ai mon herbe, lui dit-il encore.

Bonzi part devant. Il monte l'escalier. Il court sans un mot. Ses jambes maigres, son short d'hiver, son manteau de laine, sa main sur la rampe. Il court sans se retourner. Il arrive au quatrième étage, il se glisse à travers sa porte de voisin de palier.

A son tour, voici Jacques sur son seuil.

La porte entrouverte, le paillasson repoussé contre le mur. Sur le sol ciré du couloir, il y a ses patins rouges et bleus. On l'attend de l'autre côté. Les cris sont au logis, dans l'angle du salon. Il entre.

— Tu étais où ? chuchote maman Rougeron.

Elle est dans le couloir, elle fait des gestes de noyée.

— C'est lui ? demande la voix grave de papa Rougeron.

— Oui, il est rentré, répond la mère.

Jacques connaît tout d'après.

— Le piège s'est refermé sur nous monsieur le maréchal, dit le général Bonzi.

— Préparons-nous à mourir, dit Jacques Rougeron, maréchal de France.

— Nous n'allons pas mourir monsieur, reprend Bonzi.

— Préparons-nous quand même, répond Jacques.

Le père de Menard le bigleux bat son fils, le père d'Arno Fischer aussi, le grand Lucien Fayon bat son frère et tous les petits qu'il croise, le père de Mathieu

Lhéris bat Mathieu, la mère d'Adrien Couturier bat Adrien. Tout le monde se fait battre.

— Tu étais où ? crie papa Rougeron.

Il arrive à la porte. Il a une main levée.

Jacques avance ses bras. Il protège sa tête. Il ne fait rien, ne dit rien, ne pense à rien. Il attend. Il connaît tout d'après. Il sait tellement. Claques, coups, poings. Il va pleurer, il va tordre sa bouche, il fera des bulles de morve. Il sera encore plus petit, encore plus tassé, encore plus vilain. Il attendra. Il attendra comme il attend le trolley place Bellecour. Il va attendre que les cris cessent, que la violence se lasse, qu'elle se fatigue, qu'elle s'épuise et puis meure. Il va attendre que tout s'arrête. Il se sera laissé tomber, moitié couché, moitié assis avec ses bras levés. Il occupera toute la largeur du couloir éteint. Derrière lui, il entendra maman Rougeron crier le nom de son mari.

— Lucien ! Arrête ! Tu vas le blesser ! criera maman Rougeron.

Il l'entendra pleurer. Il s'entendra pleurer. Il entendra pleurer la mère et l'enfant, avec ce même râle en bout de souffle. Il regardera le parquet brillant, ses chaussures de pluie, le bas de son manteau de laine. Il regardera la plinthe beige qui court au bas du mur, il regardera les jambes écartées de papa Rougeron et ses savates de cuir marron.

— Va dans ta chambre, dira son père après.

Et il ira, sans manger. Il se couchera. Il sera épuisé de tout. Il sentira encore les coups sur sa peau, leur chaleur tremblée, leurs traces qui palpitent, il aura le sang aux tempes, les yeux qui cognent, le brutal aux oreilles. Il attendra encore. Il attendra que tout soit silence jusqu'au fond de ses draps.

Ensuite, il se relèvera. Il grelottera. Il marchera sans respirer. Il traversera le couloir, il verra le rai de lumière sous la porte du père, il ira à la cuisine, il lavera la racine au filet d'eau du robinet, et les herbes, les épines, il coupera, grattera, râpera cette pâture d'immeuble dans un verre et la tournera longtemps avec le doigt. Il mettra juste un peu d'eau. Elle deviendra verte, puis crème, puis sombre. Il boira ce jus de terre. Et il se glissera sous son lit. Et il écrira :

« L'herbe. Deuxième essai.
Dimanche 29 novembre 1964. »

La première fois, il a cessé de bégayer dès le lendemain. Le jeudi 12 mars, au réveil et pendant presque trois jours. Cessé totalement. A table, en classe, dans la rue, avec Luc Vandemer, avec Sicaut, avec Martine Giboulet.

D'un coup, un matin, comme ça, il n'a plus craint les consonnes, ni les voyelles, ni les syllabes, ni rien. Ses mots étaient en fête, en propre, en habits du dimanche, élégants, soyeux, fiers, ils flânaient dans des phrases si vastes qu'ils y marchaient de front. La tempête était apaisée. Elle avait quitté son souffle. Chaque mot attendait de dire. Il patientait en gorge comme on rêve au salon. Presque, il a failli jeter son dictionnaire des synonymes. Le détruire, le brûler, le saccager, l'envoler page à page comme des feuilles mortes. En faire des avions, des aérodynes, des aéronefs, des aéroplanes, des fusées, des missiles, des boulettes, des boules, des balles, des billes, des bulles, des globes, des sphères. Faire taire ces mots pour rien, ces mots appris par cœur, tous ces mots de rechange quand un mot bègue en lèvres.

Jacques Rougeron a cessé de bégayer durant presque trois jours.

Le jeudi, le premier matin, Bonzi était assis dans l'escalier. Il attendait que son ami sorte, passe, dévale sans un mot. Il a couru après lui. Il l'a rattrapé dans la rue des Pommières.

— Tiens ? Tu es là toi ? a dit Jacques en souriant.

C'était congé. Il n'avait pas de cartable. Il était adossé au mur de grosses pierres.

— Alors, ça t'a fait quelque chose, l'herbe ? a demandé Bonzi.

— Je crois que je suis guéri.

— Parle, voir.

— Je te dis que je suis guéri. Je crois que je suis guéri. J'ai parlé avec mon père, ma mère, ils me regardaient bizarrement. Je n'ai pas bégayé du tout. Tu entends ? Pas du tout.

Bonzi a regardé Jacques. Il n'a rien dit. Avec Bonzi, Jacques ne bégaie jamais. Jamais. Ils sont tellement proches, tellement amis, tellement frères, que Jacques parle à Bonzi comme s'il n'était pas là. Bonzi est le seul à apaiser ses mots.

— Je suis guéri, a redit Jacques.

— Mais parle, dis quelque chose de plus long, a demandé Bonzi.

— Je me suis levé ce matin, j'ai demandé à ma mère si je pouvais aller au musée de la marionnette aujourd'hui et elle m'a dit oui. Elle lavait mon bol, elle m'a regardé et elle m'a dit oui.

Bonzi a regardé Jacques. Jacques a regardé Bonzi.

— Alors, tu en penses quoi ? a demandé Jacques.

— Je ne sais pas, a répondu Bonzi, peut-être.

— Peut-être ?

Jacques Rougeron a repris sa descente vers la rue de la Favorite.

— Peut-être ? Je ne bégaie plus ! Il n'y a pas de peut-être !

Il a ri.

— Pour être sûr que tu ne bégaies plus, il faut que je t'écoute quand tu parles aux autres, a dit Bonzi.

— Alors écoute, a répondu son ami.

Et Bonzi a écouté.

Deux jours durant, chaque fois que quelqu'un se joignait à eux, Jacques parlait pour que Bonzi écoute. Il parlait plus, plus haut, plus fort. Il parlait vraiment. Il parlait fluide. Il disait *rouge.* Pas rr… rr… rourrouourrou… Pas carmin, pas rubis, pas vermillon, pas pourpre, il n'employait pas tous ces mots de secours, mais rouge, rouge, rouge. Il disait rouge, comme tout le monde dit rouge. Il parlait. Il parlait comme il pensait. Il parlait comme dans le silence de sa tête, lorsque les mots sont tout assoupis d'âme. Lorsqu'ils sont déclamés pour soi seul, dans un endroit sans autre, ou devant une glace à l'unique reflet. Il parlait. Jacques parlait et Bonzi écoutait.

Le jeudi soir, à la table du père, Jacques Rougeron a raconté l'histoire du chat pendu. C'est gros Vandi qui l'a vu, attaché à un sapin de la rue des Pommières.

— Vous voyez le grand mur à droite, quand on monte rue des Pommières ?

Maman Rougeron a hoché la tête en mangeant.

— Quand on arrive presque en haut, on voit le toit d'une maison derrière le mur et un grand sapin. Tu vois la maison ?

— Peut-être, a dit maman Rougeron.

— On voit juste les fenêtres du dernier étage et le toit, avec des arbres autour.

Papa Rougeron mangeait son potage. Il mangeait lèvres ouvertes, en faisant des bruits de semelles sur le mouillé. Il regardait son assiette, la cuisine, son fils. Il écoutait le silence de sa femme. Il entendait ses mots à elle : le bruit de l'eau dans l'évier, le froissé de son tablier vert, sa petite toux sèche, la porte du placard, deux verres qui se choquent, une cuiller reposée.

— Eh ben ! la semaine dernière, gros Vandi a vu un chat mort, pendu par le cou à une branche du sapin. Il a rien pu faire parce que le mur est trop haut. Et le soir, quand il est repassé, le chat n'était plus là.

— Quel chat ? a demandé papa Rougeron.

— Le chat pendu, a répondu Jacques.

Maman Rougeron a regardé papa Rougeron en souriant.

— Jacques raconte qu'un de ses amis a vu un chat pendu à un arbre.

Papa Rougeron a relevé les yeux vers son fils, sa cuiller à la main.

— Vandi pense que c'est Marthe la folle qui a fait ça. Il dit que c'est elle qui l'a tué.

Mais Jacques n'y croyait pas.

— Mais moi je n'y crois pas, a dit Jacques.

Plusieurs fois, il a croisé la folle dans la rue des Pommières. Toujours il descendait et toujours elle montait. Elle marchait courbée, un sac noir dans le dos, la main sur la rampe et sa jambe traînante. Elle soufflait, elle parlait haut, elle peinait sur les gros pavés. Un jour de juin, il l'a rencontrée presque en bas de la rue, habillée en novembre, avec son châle pareil et ses gants. Chaque fois que gros Vandi parle de Marthe la folle, c'est rue des Pommières qu'il l'a aperçue. Sicaut aussi, ne l'a vue que là. Un soir, Philippe Chabanne et Pascal Reverchon l'ont dépassée. Ils montaient en courant, elle boitait devant eux. C'était presque en haut de la côte. Ils sont arrivés rue Commandant Charcot et ils l'ont attendue. Ils voulaient voir si elle tournait à droite vers la Croix-Blanche où à gauche vers Saint-Irénée. Ils l'ont attendue plusieurs minutes. Elle n'est jamais arrivée en haut de la côte. Jamais. Reverchon et Chabanne sont retournés sur leurs pas. La rue était vide. Le mur de gauche, le mur de droite, la rampe, les lampadaires, les pavés, personne.

— Moi je crois pas qu'elle a tué le chat. Elle a seulement l'air triste, a dit Jacques.

Jacques Rougeron mangeait son potage. Il mangeait et il parlait. Papa Rougeron mangeait son potage. Il mangeait et il écoutait. Il écoutait son fils, mais pas comme d'habitude. Quelque chose de lisse éteignait son regard. Quelque chose d'apaisé. Il n'avait pas ses plis aux yeux. Il écoutait, le visage en repos, sans son mouvement agacé des mâchoires, sa moue de bouche, ses lèvres à la peine comme un souffleur de mots.

Maman Rougeron regardait par la fenêtre. Elle tournait lentement son potage de légumes. Dans le silence mouillé elle a murmuré :

— Quand même, pendre un chat, quelle horreur.

Puis Jacques a dit qu'il faisait froid ce matin. Et qu'il serait bien que maman Rougeron recouse le bouton de son col de manteau. Il a dit ça comme ça :

— Au fait maman, il faisait froid ce matin. Ce serait bien si tu pouvais recoudre le bouton de mon manteau. Tu sais ? Celui qui manque au col.

Ensuite, il a bu un verre d'eau. Il a inondé sa gorge sèche, sa langue tremblante, son palais de papier, et il a ajouté :

— Même s'il n'est pas de la même couleur que les autres boutons, c'est pas grave.

Et maman Rougeron est revenue à lui. Son regard a quitté la fenêtre, il est rentré du dehors gris et des brumes de la ville où souvent elle s'égare. Elle a regardé son fils. Elle a froncé les sourcils. Elle a réfléchi. Elle lui a dit qu'elle devait bien avoir un bouton approchant, un gros rond à quatre trous, un gris perle, dans les nacres. Puis elle s'est levée. Elle a débarrassé les assiettes creuses. Dans le couloir de la cuisine, elle s'est retournée.

Elle a regardé son fils.

Il faisait comme si rien. Il repliait les coins de sa serviette en regardant l'angle de mur.

Bonzi lui avait dit :

— A un moment, plie les coins de ta serviette et regarde l'angle du mur comme si rien.

Il lui avait expliqué comment faire pour sembler détaché, et tranquille, et normal, et parlant. Voilà. C'est ça. Jacques Rougeron parlait. Sans un mot de trop, sans son chaos de bouche, Jacques Rougeron venait de dire ce qu'il avait à dire. Le chat pendu et le bouton. Jacques Rougeron parlait, voilà tout.

— Ne leur fais rien remarquer. Parle et voilà tout, lui avait dit Bonzi.

Il repliait les coins de sa serviette, mais son cœur était emporté, et son ventre, et sa jambe devenue folle sous la nappe, et ses yeux brûlants à en pleurer. Il palpitait. Il se disait qu'il n'y a jamais trop de mots dans un homme, et qu'il les avait tous. Qu'il allait pouvoir les dire un à un. Ou alors les oublier cent par cent. Qu'il allait se débarrasser de tous les inutiles. De ceux qui veillaient en réserve, qui dormaient avec leurs bottes en attendant l'assaut. Il se disait qu'il tuerait les synonymes, les approchants, les équivalents. Qu'il casserait les mots les plus laids, les gros mots, les sales, les moches, les tristes, les cons, les mots porcs, la boue de mot, les mots de papier journal, de carton mouillé, de coton humide, d'aigre et de rance. Il se disait qu'il ne garderait que le fragile, le lumineux, l'amoureux, l'or, le diamant, le cœur, l'âme. Il se disait qu'avant de dire les mots, il les nettoierait à l'eau de pluie, qu'il les polirait, qu'il les frotterait doucement avec une soie de langue.

Jacques Rougeron était à table. Il hurlait dans sa tête. Il était rentré du mal. Grâce à l'herbe, il avait inventé la machine à redresser les mots. A se venger des mots. A les obliger. Il allait les réveiller en pleine nuit. Trompette. Tatatatatatata. Il allait les faire s'aligner dans la cour, dans le froid, sous les projecteurs blancs et la pluie. Des milliers et des milliers de mots claquant des dents. Il allait faire l'appel. Il allait les réviser. Il allait châtier des mots. Il allait punir tous ceux qui se moquent de lui depuis tant et tant.

« Jacques », le premier de tous. Le mot de son nom, le lui.

— Comment tu t'appelles ?

— J… J… Jjjaaaa…

Combien de fois, il n'a pas pu se dire ? Combien de fois il est resté langue ouverte ?

Alors il se dépêchait. Il crachotait son Jacques en cherchant autre chose. Il puisait dans la cave à honte. Il fouillait la réserve. Il se disait *« André »*, son deuxième prénom.

— Comment tu t'appelles ?

— J… J… Jjjaaaa… Anddré.

Parce que le « *A* ». Le Aaaaaaa. Le facile. Celui qui va comme l'air. La lettre de vent. « *André* ». Longtemps, il a f… f… faait crroire qu'il s'ap… pp… pellait André parce qu'il n'aimait pas J… jjaacc…

Ce soir-là, jeudi 12 mars 1964, c'est Jacques Rougeron qui a dîné avec ses parents. Pas André, Jacques.

— Même s'il n'est pas de la même couleur que les autres boutons, venait de dire Jacques.

Bouton. Bouton. Bouton. Bouton. *B.B.B.B.* La deuxième lettre de l'alphabet. Ce difficile, cet impossible à dire. Le *b.* Il avait tellement envie d'ouvrir la fenêtre, de courir sur le palier, de sonner chez Bonzi pour tout lui raconter. Tout lui redire. Tout bien pareil, bien moulé, bien fluide. Le chat pendu, la rue des Pommières, le froid, le manteau, le bouton, la bouche reposée de son père. Et sa mère. Sa mère inquiète de ne savoir de quoi. Qui se demandait. Qui semblait chercher ce qui avait changé dans la maison. Comme un bibelot dérangé sur un meuble. Une habitude manquante, un familier de moins. Elle regardait autour d'elle. En découpant l'omelette au jambon, elle observait son fils à la dérobée.

— Une omelette, j'adore ça, a dit Jacques.

Maman Rougeron a servi son fils. Elle le regardait sourire aux œufs. Une ride inquiète abîmait ses joues.

Jacques ! Bouton ! Omelette ! Voilà ce qui avait changé dans la maison. Les mots gentils riaient dans sa tête, ils agitaient des petits drapeaux, ils jouaient de l'harmonica, ils s'embrassaient, ils dansaient, ils sautaient sur place, ils s'étreignaient comme des soldats vainqueurs. Ils sortaient des taillis par centaines, par milliers, ils défilaient en rangs, acclamés par des millions de mots qui attendaient leur tour.

Jacques Rougeron a été guéri pendant presque trois jours. Seulement presque trois jours. Dans l'après-midi du samedi 14 mars, le bégaiement est revenu.

Il ne sait plus quel mot s'est brisé. Bonzi ne se souvient pas non plus. Jacques parlait avec Martine Giboulet. Il parlait avec une main levée et l'autre dans la poche de son manteau gris. Il y avait aussi Roger Fayon, et gros Vandi qui était venu à vélo. Ils étaient tous assis sur le banc cassé, à l'angle du bac à sable. Et Jacques était debout. Martine Giboulet et petit Fayon l'écoutaient. Gros Vandi l'écoutait aussi, en regardant son vélo posé contre l'arbre. Jacques a dit à Vandi qu'il avait bien réfléchi.

— J'ai bien réfléchi, a dit Jacques Rougeron.

Il a dit qu'il ne croyait pas que Marthe la folle avait pendu le chat. Que Marthe la folle n'aurait jamais pu escalader le mur pour atteindre l'arbre. Que personne ne peut escalader ce mur. Que Marthe la folle boite. Et qu'elle est trop vieille. Et qu'elle n'est pas habillée comme quelqu'un qui tue les chats. Que celui qui a fait ça doit avoir la clef pour entrer dans le mur.

Vandi a ri. Il a tourné son index sur sa tempe. Il a dit que Jacques était fou. Que c'était elle. Elle qui avait tué le chat. Qu'il le savait. Qu'il avait presque entendu son pied traînant sur les pavés. Que presque, il avait vu son châle noir qui s'enfuyait. Martine Giboulet a dit que Jacques ne savait rien. Qu'une folle qui boite, ça tue les chats. Petit Fayon a dit qu'elle ne boitait pas. Qu'elle le faisait exprès. Qu'elle avait escaladé le mur. Qu'elle avait tué le chat.

Alors Jacques était seul.

Et eux ils étaient mille, entassés sur le banc. Martine Giboulet, Fayon, gros Vandi. Ils le regardaient tous. Et ils lui parlaient tous. Avec des mots qui rient, avec des mots qui crient, avec des mots qui s'aident. Leurs mots se hissaient tout en haut, ils se poussaient dans le dos, ils se faisaient la courte échelle. Jacques avait toujours la main dans sa poche. Avec ses doigts, il a pincé sa cuisse. Il a senti quelque chose d'étroit en gorge. Une arête de consonne qui ne passerait pas. Une lettre coincée comme un morceau de pain. Un phonème en plomb. Il a paniqué. Il est resté comme ça, bouche ouverte au milieu de tout. Bouche ouverte et les mots qui refusent. Il faisait du bruit de sec et de mouillé. Un clapot de bonde qui se vide. Il était redevenu bègue, bégayeur, *bégayeu*x comme dit le grand frère de Fayon. Il était redevenu André. Il avait les lèvres défaites, tremblantes, risibles et les yeux tout plissés d'effort.

— Ccccc'est pas Mmmamamarrthe lalala fff…

Il sentait le sang aux tempes, il avait les joues rouges, il soufflait un ballon invisible, il était agrippé au vent, il pinçait fort. Tout cognait en dedans, aux joues, aux lèvres, au ventre. Jacques Rougeron s'est mis à pleurer. Il avait de l'argile en bouche, de l'herbe en coin, des morceaux de mot collés sous la langue. La compagnie des mots lui faussait compagnie. Il était mort.

— Il faut que tu retrouves les mêmes herbes et que tu en manges plus, lui a dit Bonzi.

C'est pour ça qu'il est retourné aux semis sauvages, huit mois après. Au soir venu, derrière la pluie, juste avant la nuit. C'est pour cela qu'il a gratté une deuxième fois entre les cailloux près de son immeuble. Parce qu'il est sûr. Il sait. L'herbe, la médecine, le secret. C'est une question de proportions, de tentatives, d'expériences, de cent fois sur le métier.

— Je suis sûr que cette fois, c'est la bonne, lui a dit Bonzi.

Alors voilà.

Il regarde le verre. Il fait tourner l'eau avec son doigt. Le breuvage est sombre. La chambre est dans le noir. Il a placé une lampe de poche carrée dans sa paume de main. Une lumière rouge filtre d'entre ses doigts. Jacques Rougeron pose le verre sur sa table de nuit. Il se glisse sous le lit, son visage contre les lattes de bois. Il écrit :

« L'herbe. Deuxième essai. Dimanche 29 novembre 1964, à 11 h 07 de la nuit. »

Puis il se relève. Il s'assied sur la couverture. Il prend le verre, il éteint la lampe. Il reste dans le noir. Il boit le remède à mots.

Lundi 30 novembre 1964

Jacques a mal dormi. Un rêve en sueur avec des gens qui rient. Ils riaient fort, féroces, avec la langue, les lèvres, les dents. Ils riaient en se tenant le ventre à deux mains, en se tapant les cuisses, en cachant leur tête dans leur saignée de bras. Ils riaient sans regarder Jacques. Et Jacques riait aussi. Il regardait comme eux, devant, mais il ne voyait rien. Il riait à se forcer, il gonflait ses tempes, ses veines de cou, il clignait des yeux, il ouvrait la bouche côté droit, il masquait sa dent gâtée, il riait en s'appliquant, il riait en faisant des bruits de bègue, il crachotait des petites grimaces de pendu. Haha… Hhhh… Hhhh… Haaaa… Hahh. Tous tendaient le doigt. Ils riaient en tendant le doigt. Ils montraient quelque chose. Alors Jacques Rougeron tendait le doigt pareil. Il regardait les autres pour faire comme, avec la bouche, avec les lèvres, avec les mains.

Maintenant, il voyait quelqu'un en face. Un petit garçon. Jacques le connaissait. Il ne savait plus son nom mais il le connaissait. Quelqu'un de loin, de flou, de tout seul. Il était comme lui, fluet, les cheveux courts et en épis. Il portait un manteau de laine grise sans aucun bouton. Il était bouche immense, tout ouverte sur rien. Il grinçait, il crissait, il faisait des cliquetis de dents et des mouillés de langue. Voilà. Hahahahaha ! C'est ça. Hhh… Hhh… Haaaaahahaha ! Il était bègue.

Petit comme un bonhomme en sucre, tout raide, les poings fermés, il était penché en avant, la gueule en carpe, le nez rouge, le regard dedans, les pieds montés l'un sur l'autre. Il tapait sa cuisse avec sa paume de main. Il faisait Crrr… Crr… Il grinçait, il moulinait, il fermait les yeux, il pétait les mots par son cul de bouche.

Jacques Rougeron riait, de lui, d'eux. Il rrr… Il rrr… rrriiiiii… il riiiiiiait de çççç… de çççç… de ça. Il riait de ça. Il riait de bègue.

C'est alors qu'il y eut un grincement de terre. Quelque chose en dessous, un bruit sous l'herbe, sous le trottoir. Un tremblement. Et tout le monde s'est tu. Tout le monde est resté là, doigt tendu, sans un mot. Jacques, le petit garçon, les autres qu'il ne connaissait pas. Sauf madame Fayolle, dans sa robe de chambre gaufrée orange, comme lorsqu'elle est à la fenêtre à regarder. Madame Fayolle avait les deux doigts tendus, avec ses bigoudis, ses yeux de travers et du sang dans le nez.

— C'est l'heure, dit doucement maman Rougeron.

La porte de sa chambre.

Le bruit, c'était ça. C'était la porte de la chambre, ouverte lentement et qui miaule sur ses gonds.

— Jacques ? C'est l'heure. Allez.

La voix de sa mère, inquiète. Elle est debout dans la lumière du couloir. Elle tient sa chemise de nuit à deux mains. Elle n'entre pas. Elle n'ose. Toujours, elle reste sur les seuils.

— Jacques ?

Il grogne, s'étire, s'étend, se redresse au moment où le froissé s'éloigne dans le couloir.

Il est assis. Il bâille. Il appuie sur le bouton de sa lampe de chevet. Au matin, jamais sa mère n'a éclairé sa chambre. L'été, elle laisse faire le jour. L'hiver, elle respecte ses lambeaux de nuit.

Il bâille encore. Il tourne la tête, regarde le verre vide posé sur sa table. La marque de ses lèvres, son empreinte de terre. Il sourit. Il ferme les yeux. Il murmure.

Il dit :

— Mesdames, messieurs, bonjour, je suis maréchal de France, j'ai un uniforme compliqué et je vais remettre cette médaille de vaillance à l'un de nos soldats.

Pas une hésitation. Rien. Le beau des mots. Il redit. Il remplace médaille par *« décoration »*. Dé-co-ra-tion. Dé-li-bé-ra-tion. Dé-li-mi-ta-tion. Il se lève. Prend le verre. Met ses pantoufles bleues, frotte le sol avec le talon. Il se dirige vers la salle de bains. Il ferme la porte, il allume la lumière, il tire le verrou. Il se regarde dans la glace. Il fait couler de l'eau froide pour couvrir le son de sa voix. Il ouvre la bouche. Il est professeur d'université. Il est debout, le dos au tableau. Il est face à ses élèves. Ils sont cinq. Il dit :

— L'hyperbolie collectivisme emphatique découlant simultanément de l'être à l'humus…

Il se rapproche. Se regarde en face, le front contre la glace. Il refait sa voix tranquille.

— Je suis sûr que l'hyperbolie…

Il retrousse sa lèvre supérieure. Sa dent noire et grise.

— Je suis sûr. Sûr et certain.

Il prend sa brosse, le dentifrice. Il frotte. Il se regarde. Il a de la mousse blanche au coin des lèvres. Il fait entrer dix autres élèves.

— L'hyperbolie… Simultanément, simultanément, si-mul-ta-né-ment.

Il ouvre le robinet de douche. S'assied sur la baignoire. Il fait entrer deux cents élèves. Il se cure le nez. Regarde son doigt. Mange le filet jaune et brun puis rogne sous son ongle. Il en fait entrer six cents. Il se relève. Il fait entrer mille élèves supplémentaires. Au premier rang, il y a grand Sicaut et son bras droit cassé, gros Vandi, Vandemer, Bonzi, Yves Réveillon, Bruno Musset, Simon Boczov, Jean Pécous, Abel Sicly, Menard, Reverchon, Claude-Henri Courtois-Favre. Ils se taisent. Il les regarde. Dans leur cahier, ils écrivent tout ce qu'il dit.

— De l'être à l'humus…

Vandemer est penché sur sa feuille. Sicaut fait peine à voir, son crayon tout tremblant à cause du plâtre au bras.

— Si-mul-ta-né-ment.

Il fait encore venir mille élèves. Et encore. Et encore. Ils sont plus de dix mille. Ils sont serrés sur les bancs. Ils sont silencieux. Ils savent que de ce professeur dépend leur carrière, leur avenir, leur vie. Il n'y aura aucune pitié, aucune compassion. Ils ont bon ou ils ont mauvais.

Juste ou faux. Personne ne discutera jamais la décision de Jacques Rougeron. Le voilà. Jacques Rougeron ! Il a quitté le tableau. Il marche vers la foule. Il regarde les gens. Il a un micro dans la main. Il tapote la bonnette grise.

— On m'entend au fond ?

Tous disent que oui. Tous s'empressent à la fois. Il sourit. Il les regarde. Ils se taisent. Il commence.

— Je suis sûr, je sais que l'hyperbolie collectivisme…

On frappe à la porte de la salle de bains.

— Jacques ?

Même voix inquiète. Elle chuchote.

— Ton petit déjeuner est prêt.

Il se regarde encore. Il fait des mouvements de visage. Il lave rapidement le verre de terre séchée. Par-dessous la porte, il sent l'odeur écœurante du matin d'école, celle du lait chaud, avec la peau dessus.

Jacques a fait semblant de prendre sa douche. Jacques fait semblant de prendre son petit déjeuner. Il attend que sa mère quitte la cuisine. Son dos fatigué, son froissement de pantoufles. Et puis il se lève du tabouret, prend son bol, vide le lait dans l'évier et fait couler de l'eau pour empêcher l'odeur.

Tous les matins, il fait ça.

— Voooomir ! Voooomir la peau du lait ! chante souvent Bonzi sur le chemin de l'école.

Et Jacques fait pareil que son ami. Il jette la nausée du matin.

Maman Rougeron revient. Jacques essaie sa parole toute neuve.

— J'ai bien dormi.

— Tant mieux, dit maman Rougeron.

Elle sourit. Elle range. Elle passe son chiffon à poussière. Il essaie encore.

— J'ai bien dormi, mais j'ai fait un drôle de rêve.

Elle ne dit rien. Elle frotte. Il la regarde. Elle est affairée dans les moindres détails. Même lorsqu'elle respire, simplement, assise sur une chaise et les mains posées sur ses genoux, on dirait qu'elle travaille.

— On dirait toujours que ta mère travaille, dit souvent Bonzi lorsqu'il la regarde.

— Un drôle de rêve.

C'est fait. C'est dit. C'est un premier mot. C'est le matin. C'est le premier mot du matin. Il a dit *drôle*. Drôle. D.D.D.D.D. Le *d* difficile à dire. Il lève les yeux de son bol vide. Cherche sa mère du regard.

— C'était un rêve bizarre.

Le *b*, maintenant. Il a dit *bizarre*. Le *b*, le *b* de bouton. Le bouton de manteau recousu. Le *b* impossible. Bbbbbon... bbbbon... bbbonjjj... jjjouuur. Le bonjour du matin, le bon, la bonne, le bonnard, le je bande, le je bite.

— Un rêve très très bizarre, il s'est entendu dire. Parfaitement dire. Il sent son cœur jusqu'au bout des doigts. Il regarde sa mère. Elle hoche la tête. Elle fait des bruits de dos et de nez plein.

Le petit Bonzi était sur le palier. Il attendait son ami, assis sur une marche de l'escalier. Jacques ouvre sa porte, il voit son petit voisin, il écarte les bras en souriant.

— Alors ? demande Bonzi.

Jacques passe devant. Bonzi se lève.

— Alors ?

Rougeron descend les marches en courant. Il s'arrête à la porte en verre. Il l'ouvre. La referme. La bloque avec le pied. Son ami est coincé derrière, qui frappe le verre du plat de la main. Leur reflet identique.

— Alors ? il répète avec sa bouche muette.

Jacques descend l'escalier de pierre, il piétine le ruban d'herbes, il marche vers le bac à sable, il saute les quatre marches, il court dans l'allée, il tourne au coin.

— Alors ? souffle Bonzi, tout déçu du silence.

Ils sont rue Commandant Charcot. Ils courent toujours. Rougeron devant, Bonzi derrière. Le premier porte son cartable à bout de bras. Le second porte son cartable à bout de bras. Ils se ressemblent jusque dans les détails.

— Alors ? crie Bonzi.

Rue des Pommières, Jacques se retourne.

— Tiens ? Tu es là toi ?

Il reprend sa course.

— Alors ? Alors quoi ? implore Bonzi.

Jacques Rougeron s'arrête. Il laisse tomber son sac sur les pavés. Il s'adosse. Il se retourne. Il regarde Bonzi. Il inspire tout l'air. Il ferme les yeux. Il récite :

— Rudi Altig, Henry Anglade, Tom Simpson, Jan Janssen. André Darrigade.

Et puis il rit. Il reprend son cartable. Il se remet en route.

Bonzi descend les Pommières à sa suite. Il racle ses chaussures noires sur le froid de pluie. Jacques court. Bonzi court avec.

— Ça compte pas, dit le petit voisin.

Rougeron s'arrête.

— Qu'est-ce qui compte pas ?

— Ce que tu as dis, là, les cyclistes, ça compte pas. Ce sont pas des mots, ce sont des noms, des noms que tu as appris par cœur. Tu m'as toujours dit que tu ne bégayais pas quand c'était appris par cœur.

Rougeron s'arrête. Ils sont place de Trion. Il se retourne. Il regarde Bonzi. Le petit Bonzi est fatigué d'avoir couru si vite. Il baisse la tête. Il s'éloigne. Il va s'asseoir sur le banc de bois. Rougeron le suit des yeux. Il hausse les épaules. Il s'approche de Vandemer et Sicaut.

— Salut ! leur dit Jacques.

— S'lut, dit Vandemer.

— Ta mère va mieux ? demande Rougeron.

Gérard Sicaut fait un geste de son bras cassé. Il renifle. Il dit que non.

— Je suis désolé, murmure Rougeron.

Il revient au banc. Il retrouve Bonzi, tout seul sous la pluie fine. Il s'assied à côté, sous l'humide du grand marronnier.

— Alors ? C'était appris ça ? C'était par cœur *désolé* et *mieux* ?

Bonzi ne dit rien. Il se lève. Il est l'heure. Jacques marche vers l'école dans les pas de Bonzi.

Dans la cour de récréation, Rougeron s'aligne à côté de Menard le loucheux. Il regarde son profil, ses cheveux coupés en brosse, ses grosses lunettes qui tombent sur son nez. Quand la petite troupe se met en marche vers le grand escalier, Jacques lui prend la main, comme un frère tient son frère pour traverser la rue.

— T'es con ! murmure Julien Menard en se dégageant.

— Mais quoi ? C'est pour pas que tu te perdes dans les couloirs ! proteste Jacques Rougeron.

— Je suis pas aveugle !

— T'es bigleux, c'est pareil ! rigole Charnay qui est juste derrière.

— Laissez-moi tranquille à la fin ! répète Menard en cachant ses doigts tout au fond de ses poches.

C'est pendant la leçon d'histoire que Jacques Rougeron s'est senti mal. De la fièvre. La tête qui tourne et un peu de vomi sur son pull de laine. Manu était au tableau. Il écrivait des noms et des dates à la craie.

Marie Joseph Paul Yves Roch Gilbert Motier,
marquis de La Fayette.
(1757-1834)

— Monsieur ! Y a Rougeron qui dégobille ! a crié Sicaut.

Sicaut était debout. Il était encore plus grand que

d'habitude. Il montrait Jacques du bout de son plâtre. Et tous se sont retournés. Reverchon, Nicolas Poignant, gros Fischer, Paul Andreu, Menard, Vandemer, Fayon, Même Drelin qui ne se retourne jamais. Rougeron les regardait, les yeux tout étonnés, la vomissure aux lèvres, sur le menton, sur le devant. Manu s'est approché de lui.

— M'sieur ! M'sieur ! criait Sicaut en se bouchant le nez.

— Assieds-toi, Sicaut ! Les autres, retournez à vos places ! a dit Manu.

Il s'est approché de Rougeron. Il avait encore son chiffon à craie dans la main. Il était soucieux. Il était penché. Il avait relevé ses lunettes cassées sur son front. Il avait sa barre de rides, celle qui se creuse quand il corrige les devoirs.

— Tu veux aller à l'infirmerie ? a demandé Manu.

Jacques a fait non de la tête. Puis il a eu un hoquet. Quelque chose de loin, de dedans, d'aigre, de dense, de bouillonnant qui est entré dans son nez et sa bouche comme une vague. Il a ouvert les lèvres.

— Beuuuuaaaark ! a hurlé Musset.

— M'sieur ! M'sieur, criaient tous les autres.

— C'est dégueulasse m'sieur !

Les enfants étaient debout. Ils faisaient des grimaces de peine, de joie, de dégoût. Vandemer riait. Menard le bigleux avait les poings sur la bouche. Poignant était yeux fermés, les paumes sur ses oreilles. Jacques a revomi sur la blouse du maître.

— Il a vomi sur vous m'sieur ! criait Andreu, comme si Manu ne voyait rien.

Les élèves s'étaient levés. Petit Fayon avait jeté ses

feuilles de brouillon en l'air. José Ariès faisait un bruit de sirène avec la bouche. Chabanne claquait des dents. Antoine Braux se touchait l'entrejambe comme s'il se retenait.

Dehors, le ciel était jaune. Le monde basculait. Une chose extraordinaire venait d'interrompre le cours, de secouer leur lundi, de tout hacher, de tout réduire. Rien n'avait plus d'importance que le vomi de Rougeron sur le gris de Manu.

— M'sieur ! Votre blouse m'sieur ! a encore dit Musset.

Le maître a mis ses lunettes cassées dans sa poche. Il a pris Rougeron par le bras. Il l'a appelé Jacques. Il a demandé à Vandemer d'être surveillant d'étude. Il a dit qu'il reprendrait ce cours vendredi prochain, et puis ils sont sortis.

Tous se sont précipités contre les vitres qui donnent sur le couloir. Sans un mot cette fois. Sur la pointe des pieds. Ils regardaient Manu et Rougeron marcher lentement vers la cour.

— Vous croyez qu'il va mourir ? a demandé Poignant.

Le petit Bonzi l'a regardé.

Il est resté assis, Bonzi. Il ne s'est pas levé, n'a pas crié, rien. Tout de suite, il a pensé à l'herbe d'hier. Il a pensé à un champignon vénéneux caché dans les feuilles. Ou alors à une limace empoisonnée, avalée avec le reste. Avant de vomir une seconde fois, Jacques avait lancé un regard inquiet à Bonzi. Bonzi était blanc. Il sentait venir le même piquant de larmes. Il regardait le vomi, le visage brouillé de son ami, il avait en bouche le même mauvais que lui.

— C'est les herbes. Je suis sûr que c'est les herbes, disaient les yeux de Jacques.

Puis Bonzi a fermé les siens.

— Hein ? Vous croyez qu'il va mourir ? a encore demandé Poignant.

— Enlève ton pull, dit mademoiselle Peuvrier.

Manu est toujours là, debout dans la petite pièce. Jacques est assis sur une chaise. Tout à l'heure, en traversant la cour, le maître a pris la main de son élève. Et il la tient toujours.

Il regarde Jacques. Jacques regarde autour de lui. Il a le cœur aux lèvres, le mal de voiture, un goût de moisi dans le nez. Il est brûlant. Il grelotte. Il regarde mademoiselle Peuvrier. Sa blouse rose, ses doigts sur son front.

— Enlève ton pull, dit mademoiselle Peuvrier.

Il essaye de retirer son pull par la tête. C'est maman Rougeron qui lui a tricoté. Devant, il a des défauts de mailles, lâches comme des trous de mites et le col serre au cou. Il essaye encore. Il tire, bras en l'air, le col coincé sur son front. Il tire encore. Il renonce. Il reste prisonnier. Il est tout mou, le visage enfoui dans la laine rouge, les bras retombés. Il pleure. Manu s'agenouille devant la chaise. Il range son chiffon à craie dans sa poche, par-dessus ses lunettes à la branche sparadrap. Il tire le pull à son tour.

— Eh ! Bien petit… Qu'est-ce qu'il y a ?

Rougeron en pleine lumière. Il cligne des yeux. Il a des larmes, de la morve. Il a peur.

Il a peur parce que c'est venu d'un coup. Quelque chose de lourd dans la nuque, un éclair et ce flot en bouche. Il regarde Manu. Il regarde son vomi sur sa blouse.

— Tu as mal où ? demande l'infirmière.

Il ne répond pas. Il veut se coucher un peu. Il le dit.

— Je v… vvveux mmm… mmm… me couchhh…

Manu l'aide à se lever, il le porte presque. Le maître et l'infirmière l'étendent sur le lit de camp. Ils le regardent. Ils ne disent rien. La pièce tourne. Il a fermé les yeux.

— Qu'est-ce que tu as mangé ? demande doucement mademoiselle Peuvrier.

— Une intoxication ? interroge Manu en la regardant.

— Probablement, dit-elle.

L'infirmière se penche. Elle met la main sur son front, palpe son ventre du bout des doigts. Elle porte le stéthoscope à ses oreilles. Elle le promène sur son torse, contre son cou.

— Jacques, tu m'entends ? dit-elle.

Il ouvre les yeux. Il cligne.

Lucien Fayon entre dans la pièce. Il a le droit d'entrer partout. Il n'a même pas frappé à la porte. C'est le grand frère de Roger Fayon. Il est très méchant. Il est surveillant. Jacques est obligé de l'appeler *« Monsieur le surveillant* ». Il peut mettre les gens en punition, en retenue, en prison s'il le veut. Il regarde Jacques, Manu, mademoiselle Peuvrier. Du menton, il interroge.

— Intoxication, dit mollement Manu.

— Qu'est-ce que tu as mangé ? demande-t-elle encore.

Jacques sanglote. Il a le hoquet. Manu se redresse, s'écarte. Grand Fayon remarque la vomissure sur le gris de sa blouse. Il a son sourire chien, les lèvres retroussées sur ses dents. Il sort un mouchoir de sa poche. Il le tend à Manu. Manu regarde le mouchoir, secoue la tête, prend son chiffon à craie et s'essuie doucement en regardant Rougeron.

— Tu m'entends Jacques ? Il faut me dire ce que tu as mangé. C'est peut-être un empoisonnement et si je ne sais pas avec quoi tu t'es empoisonné, je ne peux pas t'aider, murmure mademoiselle Peuvrier.

Il ferme les yeux. Derrière ses paupières, les mots paniquent. Un frisson le glace. Il se tend.

Bonzi ! C'était Bonzi ! Le petit garçon de son rêve, celui qui n'avait pas de nom, qui était loin, tout au fond derrière, et que le monde montrait du doigt. Celui qui faisait rire. C'était Bonzi. Maintenant qu'il a les yeux fermés, il revoit tout. Il se revoit. Il rit bègue. Il est dans le mou. Il fait mille degrés. De la sueur dans les cheveux. Il claque des dents. C'était Bonzi. Bonzi était bégayeux et tout le monde se moquait de lui. De son voisin, de son frère de palier, de son complice, de presque lui. De lui. Il a peur. Il sent son corps fondre, s'étendre, se répandre sur le lit. Il est liquide. Il va s'évanouir. Il va mourir.

— Reste avec moi Jacques. Tu m'entends Jacques ?

La voix de Manu.

— Essaie de parler. Tu as mangé quoi ?

Il prend tout son souffle. Il le puise au milieu de son sang, de ses muscles, de son cœur, il fait monter l'air, il l'amasse, il le regroupe. Il gonfle ses joues. Une haleinée immense qui cogne aux lèvres.

— Jacques ? Tu m'entends Jacques ?

— Dd... Ddd... Dd... Dde l'heeeeerbe, répond Rougeron.

— De l'herbe ? répète Manu.

— N'importe quoi ! lance Lucien Fayon.

— J'ai mangé de l'herbe à plus bégayer, dit Jacques en bégayant.

Mardi 1er décembre 1964

Le mal est passé dans la nuit.

Lorsque Jacques s'est levé ce matin, il avait juste une impression de vide et de triste en bouche. Et maintenant il marche, Bonzi à ses côtés. Ils ont la même pâleur, la même façon, le même regard nuageux. Ils n'ont pas joué à l'escalier. Ils n'ont pas couru. Ils ne se sont pas parlé contre le mur de la rue des Pommières. Ils vont. Ils traînent leur décembre sur le chemin de l'école.

Hier, après l'infirmerie, Jacques n'est pas retourné en classe. Sa mère était à la maison. Il a eu le droit de rentrer. C'est Lucien Fayon qui l'a raccompagné à la grille.

— L'herbe à pas bégayer ? C'est malin comme idée ça, lui a dit grand Fayon.

Il regardait Rougeron. Il lui a tendu son cartable sur le trottoir, et son écharpe noire. Il souriait des dents. Il avait ses yeux mauvais. Jacques a pris ses affaires. Il lui a tourné le dos pour s'enfuir.

— Tu n'oublies rien, bégayeux ? a demandé le grand Fayon.

Jacques s'est retourné.

— Quoi ?

— Quoi qui ?

— Quoi, monsieur le surveillant ? a bégayé Jacques.

Lucien Fayon avait plongé la main dans une jardinière de l'entrée. Il la tendait, pleine de terre mouillée et de gazon mort.

— Tu… Tu… Tu… Tu v… v…v… vvvv… Tu veux ppas ton goûter ? a rigolé Fayon en grimaçant un bègue.

Puis il a détourné les yeux. Il surveillait autour. Il observait les fenêtres et les ombres passantes. Il avait ses lèvres retroussées, ses crocs, ses yeux noirs, sa cicatrice, son visage de chien.

— Grand Fayon, c'est un chien, avait dit Boczov.

— Il a la rage, avait dit François Laurain.

— Quand tu le vois, il faut tourner la tête, avait dit Pécous le boiteux.

— Il mord quand il se bat, avait dit Drelin Couturier.

— Ton goûter de bégayeux, a redit Fayon.

Alors Jacques a baissé la tête, et il avancé la main. Il a tendu ses doigts, lentement, comme on touche un cadavre.

Nous sommes le mardi. Le lendemain.

Jacques et Bonzi marchent. Ils descendent lentement les Pommières en prenant garde au givre. Jacques suit la rampe avec sa main. Bonzi suit la rampe avec sa main. A l'angle de la rue du Manteau jaune, ils ont peur de rencontrer Vandi.

— Tu crois que grand Fayon a tout raconté ? demande Jacques.

— J'en suis sûr, dit Bonzi.

Ils croisent la rue Appian. De dos, ils aperçoivent Gilbert Dinh et Pascal Reverchon.

— Tu crois que Manu aussi, il l'a dit aux autres ?

— Non, pas Manu. Manu n'a rien dit, répond Bonzi.

Ils contournent l'école, ils s'éloignent, ils continuent la rue de la Favorite jusqu'à place de Trion.

Sur le banc du marronnier, à attendre l'heure, il y a Sicaut, Vandemer, Réveillon et Pécous le boiteux. Vandemer fait des gestes de bras, il mouline comme s'il nageait. Brusquement Sicaut se lève. Il est bouche ouverte, bras de plâtre et doigt tendu. Il a vu Jacques au coin. Il le montre en riant. Il crie.

— Voilà Rougeron qui mange de l'herbe !

Une dame à cabas sursaute et se retourne. Elle regarde le banc de bois. Elle voit trois enfants qui bondissent.

— Meuuuuh la vache ! crie Pécous, les mains en porte-voix.

— Meuuuuuh ! hurle Sicaut.

— Meuuuuh ! chante Vandemer en courant autour de l'arbre, les index dressés en cornes sur son bonnet de laine.

Jacques recule un peu, il tourne le dos.

— Ne cours pas, dit Bonzi.

Jacques marche. Il remonte la rue des Fossés de Trion, il tourne à droite dans la rue Benoist Mary. Les autres suivent juste derrière en faisant leurs cris. Avec eux, il y a aussi le petit Fayon. Le frère de Monsieur le surveillant. Il était caché derrière une voiture. Il s'est levé en criant. Il dit meuuuh pareil. Jacques et Bonzi marchent plus vite, les autres derrière eux.

— Meuuuh ! Meuuuh ! Bégayeux ! scande Roger Fayon.

Bonzi est pâle. Les cheveux en épis. Il a une impression de triste et de vide en bouche. Il est colère. Il tremble un peu sous son manteau de laine.

— Pourquoi tu l'as dit ? Pourquoi tu as parlé de notre secret ? il demande.

— J'avais peur de mourir, répond Jacques.

Bonzi hausse les épaules. Il est furieux de lui. Il claque des dents. Jacques claque des dents. Ils sont poursuivis par les meuglements. Ils marchent vite. Ils arrivent à l'école. Devant la grille, il y a un million de personnes. Tout le monde regarde dans leur direction. Tout le monde rit. Tout le monde a mis ses cornes sur sa tête. Tout le monde mâche en faisant un bruit de pâture. Jacques sent le brûlant des larmes. Il passe la grille, Bonzi passe la grille avec lui. Ils traversent les gens. Ils se réfugient dans un coin de la cour de récréation, derrière l'arbre blessé.

C'est leur arbre. C'est un arbre d'hiver que personne ne voit. C'est un arbre tout noir, tout sec, tout suppliant qu'on le laisse partir, ou tranquille, ou tout seul. Un arbre qui monte jusqu'au deuxième étage de l'école. Que Jacques regarde par la fenêtre lorsqu'il y a trop d'ennui. Un arbre fragile en haut, frêle jusqu'à la brindille, un arbre que le vent berce. Un arbre qui regarde Jacques avec ses branches en ombres. Un arbre facile à dessiner. Un arbre qui palpite quand on colle l'oreille à son tronc. Qui fait vibrer les mains lorsqu'on les plaque. C'est un arbre qui cache les enfants.

D'un revers de main, Manu balaye la poignée d'herbe jetée sur le bureau de Jacques Rougeron. Boczov rit. Jacques lève la tête. Il regarde les autres. Sicaut mâchouille, les yeux sur son cahier. Vandemer mâchouille. Gros Vandi mâchouille. Gros Fischer aussi, Menard, Fayon, Courtois-Favre, Musset, Chabanne, Ariès, Pécous le boiteux, Reverchon, ils ruminent lentement. Même Lhéris, qui vient de Paris, fait pareil avec les yeux en coin.

La journée passe. Tout passe. Et même les beuglements. Seul Dominique Ottaviani dit encore *meuh* quand Charnay le regarde, mais personne ne joue plus. Il y a eu du français, une leçon de morale, de l'histoire, du calcul et de la grammaire. La classe est bientôt finie. Le jour s'éteint. Toto Braux a allumé les trois plafonniers jaunes. Gérard Sicaut masse les doigts qui dépassent de son plâtre. Gros Vandi joue avec ses gants bleus. André Revol bâille. Fischer range un à un ses crayons dans sa trousse. Dans le fond de la pièce, on entend le poêle qui s'amuse au chat content. Manu a demandé à Vandemer de verser un demi-seau de houille dans son fourneau.

— Pécous au tableau, dit Manu.

Jean Pécous se lève. Il traîne son pied en moins. Il décroche le chiffon jaune qui pend à son crochet.

— Poignant aux encriers, dit encore le maître.

Nicolas Poignant se lève. Il va à l'armoire. Il prend la bonbonne d'encre bleue, la pose sur le bureau de Bonval et dévisse soigneusement le bouchon.

Dans les autres classes, les écoliers punis vont chercher le charbon à la réserve et nourrissent le poêle. Dans les autres classes, les élèves méritoires remplissent les encriers, effacent le tableau et distribuent les plumes pour la semaine.

— Pas chez nous, a dit Manu.

Au début de l'année, il a ouvert son grand livre brun, avec les noms écrits dedans.

— Ici, toutes les tâches seront effectuées à tour de rôle et par ordre alphabétique.

Jean Pécous efface le tableau noir. Il prend son temps. Il laisse des traces et des lettres en coin. Nicolas Poignant passe de pupitre en pupitre avec sa bonbonne d'encre. Bonval sort l'encrier de son trou de table et le pose sur son bureau. Revol enlève son encrier. Mathieu Lhéris enlève son encrier en toussant.

— Tout dans l'encrier et rien sur le bureau, dit Manu en rangeant sa besace.

Il regarde le plafond, la fenêtre. Il écoute les murmures du soir. Demain, c'est mercredi. C'est Jacques Rougeron qui distribuera les plumes neuves.

Dans la cour, tout en bas, monsieur Portal met le doigt sur le bouton de cloche. Monsieur Portal est petit, toujours de mauvaise humeur, tout dépeigné et avec les doigts jaunes. Il est aussi gros, large, tellement que lorsqu'il marche, tout habillé de gris, sa blouse semble jetée sur un grand cintre en bois.

— Le concierge il s'appelle plus Portal. Tout le monde doit l'appeler Portemanteau, a dit le grand frère Fayon lorsqu'il était encore élève.

C'était il y a longtemps, et le nom est resté. Même Manu, un jour, l'a appelé comme ça en pleine classe.

Portemanteau appuie. La cloche sonne.

Une douleur électrique qui vrille les couloirs.

Sicly bondit le premier vers la porte. Menard range ses grosses lunettes. François Laurain est bras croisés.

— Fin de la classe ! lâche mollement Manu, les yeux sur son cahier.

Il relève la tête. Il regarde la salle. Il regarde Gros Vandi qui bouscule Simon Boczov, et Couturier à la braguette ouverte.

— Rougeron ? Reste un peu, veux-tu.

Et tous les autres sortent. Un désordre d'enfants. Ils font des grimaces, du brusque, des gestes en trop, des choses avec les doigts.

— Boczov, ferme la porte derrière toi, dit Manu.

Boczov s'en va le dernier. Il se retourne. Il regarde Rougeron qui se lève à moitié. Il referme la porte. Il est dans le couloir, s'approche des vitres, saute le long de la cloison. Une fois, deux fois. Il veut voir. Il saute une fois encore. Rougeron le regarde. Avec ses doigts, Boczov met deux cornes à son front. Il retombe sur le parquet et retourne au silence.

Dans la classe, il y a juste Manu, Jacques et Bonzi. Bonzi reste. Bonzi peut rester. Parce que c'est son meilleur ami. Parce qu'ils vivent sur le même palier. Parce qu'ils sont toujours ensemble, toujours. Parce que personne ne les a jamais séparés. Jacques est assis devant, et Bonzi à côté. Ils se taisent. Ils écoutent le poêle. Ils regardent Manu qui se lève de sa chaise. Qui efface lentement les traces blanches de Pécous sur le tableau noir, la main gauche refermée en un poing dans le dos.

— Tu penses qu'il y a de l'herbe pour arrêter de bégayer ? demande Manu.

Il frappe le chiffon jaune sur le rebord à craies.

— Tu crois ça ?

Jacques ne répond pas. Il regarde les pieds de Manu. Il regarde sa blouse grise, son poing, ses lunettes cassées, ses cheveux blancs qui tombent.

— Tu crois ça, Jacques Rougeron ? murmure encore Manu.

Il se retourne. Il a l'air de penser à autre chose. Il a sa barre de front. Il regarde le dehors, le ciel, l'arbre, le soir. Il reste comme ça. Il attend.

— Hein Rougeron ? Tu crois ça ? dit-il en frottant sa manche de blouse.

— Nnn… nnon, mmonsieur, répond Jacques.

Manu retourne au tableau. A la craie blanche, il trace la date de demain.

Mercredi 2 décembre 1964.

— Alors, tu n'y crois pas, mais tu essaies quand même, murmure Manu en crissant le calcaire.

Il recule d'un pas, de deux pas, en équilibre, le talon au bord de l'estrade. Il regarde son jour bien écrit.

— Une fois, il tombera, avait dit Vandi.

Il avait même parié.

C'est aussi lui qui avait donné le surnom de *Manu* à monsieur Mandrieu.

— Prenez vos manuels d'histoire, disait le maître en sortant le sien.

— Prenez vos manuels de calcul.

Vos *manuels*. Il insistait sur le mot. Tout le monde appelait ça *un livre*, mais pas lui. Il prenait tout son temps. Il ouvrait son grand cartable, il regardait la classe, il levait l'ouvrage d'une main au-dessus de sa tête, il le secouait et il disait :

— Prenez votre maaaaanuel.

Il prononçait ça comme ça, exprès. Ensuite, il mettait sa main en cornet autour de son oreille et demandait :

— Alors ? Que faut-il prendre ?

— Son maaaaaaaanuel, répétaient les écoliers en ouvrant leurs cartables.

Personne ne riait plus. Tout était machinal. C'était une habitude. Ensuite, il chantonnait.

Le maître se retourne. Il descend de l'estrade, s'approche du bureau de Jacques Rougeron, s'assied sur celui de Sicaut, juste en coin. Il enlève ses lunettes, les range dans sa poche à stylos. Il observe Jacques, bras croisés.

— Tu es triste de bégayer ?

Rougeron le regarde. Il écoute la voix du maître. La phrase entière, puis chaque mot un par un. Ils tournoient un instant dans l'odeur de craie, d'encre bleue, de poêle, de bientôt nuit, de déjà décembre.

Triste.

— Tu es triste ? lui demande souvent Bonzi.

Alors Rougeron dit que oui, un peu. Mais pas triste comme quand on meurt. Ou quand on est seul derrière l'arbre d'hiver. Pas triste comme Marthe, la boiteuse de la rue des Pommières, celle qu'on croise quand il fait soir, qui remonte la rue sous son châle, en cramponnant la rampe et en parlant très fort. Elle, que Vandi, Martine Giboulet et petit Fayon accusent d'avoir pendu le chat.

Pas triste comme ça.

Pas triste avec des larmes.

Pas triste comme le jour où Jacques a été à Douaumont.

Quand pépé Rougeron lui a demandé de regarder les croix blanches alignées jusqu'au ciel. Qu'il l'a emmené dans un coin de colline, pour lui montrer trois tombes qui portaient le même nom.

Pas triste comme ça.

— Jacquou, recopie ce qu'il y a de gravé sur la pierre, avait dit pépé Rougeron, instruis-toi, note tout pour plus tard lorsque tu comprendras.

Alors il avait ouvert le carnet qu'Amédée Rougeron

venait de lui offrir. Un vilain cahier gris acheté à Verdun, avec une couverture à cocarde et des pages sans marge ni carreaux. Pour faire plaisir à pépé Rougeron, il avait pris son crayon à papier. Il avait recopié tout ce qu'il y avait d'écrit sur les trois pierres.

« Fernand Théfault, 1er Génie, 20 juillet 1917, Vacherauville.

Maurice Théfault, 150e RI, 21 août 1917, Béthancourt. »

Le grand-père lisait par-dessus son épaule.

— Béthincourt, il a soufflé.

Jacques s'était trompé d'une lettre.

« Béthincourt. »

Il a corrigé. Il a gommé avec le bout caoutchouc de son crayon.

« Maurice Théfault, 150e RI, 21 août 1917, Béthincourt. »

« Francis Théfault, 288e RI, 23 août 1917, Samogneux. »

— C'était trois frères, a expliqué pépé Rougeron.

Ils étaient de Sury-la-Rouairie, un village de Mayenne. Quand il a été tué par les Boches, Fernand venait tout juste d'être papa.

— Théfault Fernand ! a crié l'estafette.

Il avait reçu une lettre, et une photo dedans. C'était une petite fille. *« Un bébé permission »,* comme riait à chaque fois le caporal Pardon. Elle s'appelait Marthe. Il a montré son image aux soldats d'à côté, aux copains de gamelle. La petite était dans les bras de sa mère, une grosse femme en cheveux à sourire de campagne.

— Elle est mignonne, avait dit Balland.

— La mère ou la fille ? avait rigolé Cammas.

Il faisait nuit. Cammas a eu un geste de mains pour dire les seins de femme. Et Balland avait ri.

— Vous êtes trop cons, a répondu Théfault.

— Tu me montres la photo ? je lui ai demandé.

Ça marmitait tout près de nos lignes. Nous étions dans la tranchée, assis dans la boue, serrés les uns contre les autres, adossés au parapet. Il était contre moi. Il avait rangé l'image sous sa vareuse. Il faisait sombre. Il pleuvait. La photo était déjà cornée entre ses gants. Il avait levé sa main en auvent sur sa fille. Juste une tache très blanche dans un fouillis de linge.

— Elle s'appelle Marthe, m'a dit Fernand Théfault.

Il a rangé l'image dans sa capote. Il a tapoté son cœur. Il a dit qu'elle serait toujours là, même si lui n'était plus.

Deux jours plus tard, il a été enterré vivant dans une tranchée, sauvé de justesse, puis égorgé en pleine nuit par les nettoyeurs allemands.

Jacques notait. Il écrivait la voix de son grand-père, il écrivait les phrases, et les mots de la guerre. Il écrivait pour lui faire plaisir. Pour quand il comprendrait. Aussi, il regardait le ciel qui bientôt va faire soir. Il s'ennuyait un peu, beaucoup. C'était trop grand. Il y avait trop de noms. Il y avait trop de vent. Il avait froid.

Pépé Rougeron a regardé son petit penché sur le vilain cahier. Il a souri. Il lui a mis le bras sur l'épaule.

— Tu n'es pas obligé d'écrire tout ça Jacquou, c'est fini.

Bonzi était resté à distance. Il regardait ces noms couchés. Il se demandait s'ils étaient vraiment là, vraiment. Vraiment morts, vraiment allongés avec les yeux clos, les mains jointes et des trous dans le ventre. Ou si c'était juste des noms mais avec rien en terre.

— Ils sont là-dessous ? a demandé Jacques.

— Ils sont là-dedans, a répondu pépé Rougeron.

Il avait le visage tout gris, la tête haute. Ses cheveux blancs rejetés en arrière revenaient sur son devant de front.

— Là-dedans il disait, en tapotant son cœur.

Jacques a trouvé ça très beau, triste aux vraies larmes. Les frères Théfault étaient enterrés dans le cœur de pépé Rougeron. Depuis, chaque fois que quelqu'un lui parle de son grand-père, il montre son cœur et bégaye qu'il est enterré là.

— Il est entt… entté…

Il tapote son cœur. Il relève la tête. Il prend son air de plus tard. Il aimerait que le vent le décoiffe comme à Douaumont, lorsqu'ils étaient ensemble tous les trois, Amédée, Bonzi et lui. Quand pépé Rougeron était encore là, qu'il l'appelait Jacquou, qu'il crachait dans son mouchoir blanc, qu'il posait sa main pierre à pierre sur la tombe des trois, qu'il toussait en remontant son petit chapeau gris, qu'il tendait son bras vers l'horizon, qu'il parlait, qu'il parlait, qu'il disait que ce n'était pas juste, qu'il prenait la main de Jacques dans sa paume froide, qu'il marchait à petits pas anciens, qu'il cherchait des regards dans les regards croisés, qu'il serrait dans ses bras un très vieil Allemand qui passait par sa propre peine, qu'il disait qu'il allait faire nuit, qu'il demandait à Jacques s'il ne s'embêtait pas, qu'il disait qu'il allait sûrement bientôt mourir, qu'il riait, qu'il regardait le ciel tout sombre de nuages, qu'il frottait son revers de manche sur son nez, qu'il disait qu'il allait bientôt mourir, qu'il demandait à Jacques s'il n'avait pas oublié son cahier, qu'il disait qu'il allait mourir, qu'il répétait *Théfault* et le prénom des frères, qu'il demandait à Jacquou s'il avait froid, qu'il disait qu'alors, il leur fallait rentrer, qu'il se baissait, qu'il ramassait du gravier, qu'il le mettait dans sa poche de manteau, qu'il marchait, qu'ils marchaient avec le vent autour, avec le sombre autour, avec le ciel autour et tous ces morts partout.

C'était ça, triste.

— On n'a qu'à dire que la fille du soldat, c'est la folle de la rue des Pommières, a dit un jour Bonzi.

Jacques Rougeron l'a regardé. Il a senti mordre tout au fond de son ventre. Bien sûr que c'était elle. Évidemment, que c'était elle. Elle n'avait pas de nom. Elle n'avait pas d'ami. Elle n'avait nulle part où aller. Elle s'appelait Marthe. Elle était orpheline de guerre.

Un jour qu'ils marchaient dans la rue des Pommières, Vandemer lui a dit qu'il n'avait pas vu la folle depuis longtemps.

— Tu sais Rougeron, la folle, celle qui a tué le chat !

— Elle n'est pas folle ! Elle s'appelle Marthe, avait répondu Bonzi.

— Elle s'appelle Marthe Théfault, avait ajouté Jacques. Et son père s'appelait Fernand. Il est mort à la Grande Guerre le 20 juillet 1917.

C'était ça, triste : boiter sous un foulard noir, dans la rue des Pommières, en disant des mots tout fort contre les chats et les enfants.

— Rougeron ? Tu m'écoutes ?

Manu, assis sur le bureau de Sicaut, qui demande à l'enfant s'il est triste. Jacques fait oui de la tête. Et puis non. Et puis plus rien du tout. Il est penché sur son bureau, il lit le bois gravé, il pense aux lattes de son lit, il évite le regard du maître. Il faut qu'il s'en aille.

— Il faut qu'on s'en aille, dit Bonzi.

Jacques regarde Manu. Manu regarde Jacques, le menton dans sa paume. Il a une drôle de moue. Un drôle de silence. Par la fenêtre, l'arbre dit à Jacques que la nuit le dévore. La cour est pâle des dernières lumières. Il n'y a plus un bruit. Juste le bruit des yeux. Manu inspire. Il s'étire. Il se lève. Il enlève lentement sa blouse grise. Dessous, il a un pull pareil. Et une chemise bleue. Et un pantalon de velours marron. Manu est habillé en dehors. Jacques est saisi. Personne n'a jamais vu Manu habillé comme ça. On ne voit Manu qu'au milieu de ces murs. Quand ils arrivent, il est là. Quand ils repartent, il est là. C'est comme s'il attendait toute la nuit que les enfants reviennent.

Jacques le regarde encore.

Le maître est grand, sec et maigre. Un jour, Chabanne qui dessine bien a essayé de faire Manu. Il a tracé une silhouette en fil de fer, il a dessiné les joues creuses, il a gommé les joues, il a dessiné le ventre, les grandes jambes, il a recommencé, il a fait des épaules trop larges, et puis trop étroites, il a fait des cheveux jaunes et blancs rejetés en arrière, en désordre, avec la peau qu'on voit quand il baisse la tête. Il a gommé les cheveux, il a recommencé. Il a fait plus de mèches, plus de volume, il a gommé, il a fait moins de volume et moins de mèches. Il a fait son sourire, le sourire de Manu. Un sourire sans les dents, tout rentré, tout pensif, il a troué le papier à repasser le trait. Il a fait ses lunettes rondes, avec la branche cassée et le sparadrap. Il a dessiné ses gros sourcils, ses rides de front quand il est à la peine. Il a dessiné ses yeux clairs, son regard de Manu, sa façon de plisser quand il écoute. Il a fait son dos un peu voûté. Il a dessiné sa blouse grise, ses stylos dans la poche. Il a dessiné ses chaussures, toujours pleines de terre ou d'herbe collée. Il a montré son dessin à Charnay, à Boczov, à Fayon.

— C'est qui ? ils ont demandé.

Personne ne peut dessiner Manu.

Le maître accroche sa blouse à la patère. Il se gratte le dos. Il s'étire. Il va à la fenêtre. Il pose son front contre la vitre. Il regarde les nuages de nuit qui s'avancent.

— Tu ne dis rien ? demande Manu.

Jacques regarde le dos, les cheveux jaunes et blancs, la main posée sur la croisée, le pull gris, les chaussures craquelées.

— Tu écoutes au moins ?

— Oui, répond Jacques.

— Et toi, tu n'as rien à me dire ?

Silence.

— Tu n'as rien à me demander ?

Silence.

Manu baisse la tête. Il regarde la cour, les derniers enfants passant. Il regarde le préau sombre, le mur de l'école des filles, le tronc de l'arbre triste. Il regarde la grille, la rue qui va, les toits plus loin.

Jacques regarde sa main droite, ses doigts, la petite verrue qui pousse entre son pouce et son index.

— Il faut qu'on s'en aille, dit Bonzi.

— Tu sais pourquoi je te retiens après la classe ? Tu sais pourquoi je te demande si tu es triste ?

Bonzi relève la tête.

Tout à l'heure, avant d'inscrire au tableau la date du lendemain, Manu a éteint deux des trois lampes du plafond. La lumière est basse, pâle, jaune, laiteuse et maussade. Le maître regarde toujours la nuit. Il parle de plus en plus bas. Il phrase monotone comme au creux de sa tête. Il murmure presque.

— Tu sais ce que c'est un maître d'école ?

— Quoi ? demande Jacques qui n'a pas entendu.

— Un maître d'école. Tu sais ce que c'est un maître d'école ?

— C'est vous, bégaye Jacques.

— Et tu sais à quoi ça sert ?

— A apprendre ?

— A apprendre quoi ?

— Les matières, dit Jacques.

— Tu veux dire l'histoire, le calcul, le français ?

— Oui, dit Jacques.

— Et quoi, encore ?

Manu se retourne lentement. Il quitte la fenêtre. Il va

à son bureau. Il s'assied derrière comme quand il fait la classe. Il n'y a que Manu et Jacques, et Bonzi. Monsieur Mandrieu fait la classe pour un.

— Et quoi d'autre ? Un maître il apprend quoi d'autre aux élèves ?

Silence.

— Il faut s'en aller, presse Bonzi.

— C'est quoi, un élève ? demande encore Manu.

Silence.

— C'est quoi Jacques, un élève ?

— C'est comme moi, bégaye Jacques.

— Et tu es quoi, toi ?

— Un enfant ? hasarde Jacques.

— Voilà, c'est ça. Un enfant, répète Manu. Tu es un élève et moi je suis un maître. Tu es un enfant et moi je suis un adulte. Et quand l'adulte fait un travail de maître, il doit apprendre des choses à l'élève et faire attention à l'enfant.

Le maître se penche sur son bureau. Il place la tête entre ses mains et regarde Jacques Rougeron.

— Tu comprends tout ça ?

— Non, dit Bonzi.

— Oui, bégaye Jacques.

— Et tu vois, Rougeron, un maître, il ne doit pas avoir de préféré. Il ne doit pas aimer plus Lhéris ou Bonval parce qu'ils ont de bonnes notes. Il doit aussi aimer Couturier même si Couturier parle tout le temps, il doit aussi aimer Ottaviani même si c'est un bagarreur. Il doit aimer tout le monde pareil. Tu comprends ?

— Oui, dit Jacques.

— Le maître, il doit aussi faire attention aux plus

petits. Pas les plus petits en taille, les plus petits en tout. Ceux qui regardent dehors pendant la classe, ceux qui sont seuls pendant la récréation, ceux que les autres embêtent, ceux qui ont des trous dans leurs chaussures, ceux qui ont un bleu sur la figure le matin, ceux qui n'ont pas mangé quand ils arrivent en classe, ceux qui n'ont pas de manteau en hiver.

Jacques regarde Manu. Sa tête dans ses mains, ses yeux sans ses lunettes. Le maître ne le quitte pas du cœur.

— Tu comprends, Jacques Rougeron ?

Bonzi hoche la tête.

— Ceux-là, il faut encore plus leur montrer qu'on fait attention à eux. Il faut encore plus les regarder, encore plus les écouter, encore plus leur demander s'ils sont tristes.

— Manu parle de nous, souffle Bonzi.

— Quand Couturier fait du bruit en classe, quand il fait le trompette avec son nez, commence Manu.

Jacques rit.

— Tu vois, je sais que c'est lui, la trompette. Eh bien quand il fait la trompette avec son nez, je le regarde en fronçant les sourcils et il s'arrête. Je fronce les sourcils parce que je suis un maître. Et en même temps, j'ai envie de rire parce qu'il fait drôlement bien la trompette. J'ai envie de savoir comment il fait, j'ai envie qu'il vienne au tableau et qu'il nous montre comment on fait toute la gamme avec son nez. J'ai envie qu'on fasse tous la trompette ensemble. Tu comprends ça ?

— Oui, sourit Jacques.

Il regarde Manu. Il se demande. Il a un peu peur. Il

ne comprend pas pourquoi Manu parle de Couturier, de trompette, il se demande s'il ne va pas être puni.

— Tu sais ce que fait Couturier quand il fait de la trompette ?

Silence.

— Il appelle au secours, dit Manu.

Jacques ouvre grands les yeux.

— Chaque fois qu'il ne sait pas une réponse, il couine avec son nez, tu as remarqué ?

Jacques dit que oui avec la tête.

— Il couine aussi quand il est triste et en ce moment, il est toujours triste, tu sais pourquoi Drelin est triste ?

Jacques est stupéfait. Drelin ! Manu a appelé Couturier Drelin ! Il connaît le nom de quand ils se moquent.

— Couturier est triste parce que vous l'appelez Drelin et aussi parce que ça va être Noël, dit Manu.

Jacques ne répond plus. Il respire mieux. Il avait peur de se faire gronder mais Manu ne parle pas de Jacques. Il parle de Drelin. Il parle de n'importe quoi.

— Et tu sais pourquoi Drelin est triste à Noël ?

Jacques secoue la tête.

— Parce qu'il n'a plus de parents, dit Manu.

Silence.

Le maître se relève. Il retourne à sa fenêtre à lui. A son coin de carreau, toujours le même à l'angle de son mur.

Quand Manu est dans les couloirs, Courtois-Favre fait souvent Manu. Il court à la fenêtre, pose son front sur la vitre et regarde dehors en croisant les mains dans son dos.

— Manu ! Manu ! Manu ! scande la classe en riant.

Le maître regarde l'hiver.

— Tu vois, Rougeron, Manu gronde Couturier mais moi je prends toujours bien soin de lui.

Manu ! Manu s'est appelé Manu ! Jacques est suffoqué, Bonzi est suffoqué ! Personne ne les croira jamais lorsqu'ils raconteront ça.

— Et toi aussi, je prends bien soin de toi, dit Manu, parce que tu es petit et parce que tu as du mal.

Jacques tousse. Il se gratte la cuisse.

Manu ! Monsieur Mandrieu s'est appelé Manu ! Il connaît son nom secret ! Jacques va le dire qu'à Sicaut et à Vandemer. Il peut aussi le dire à Andreu, qui ne répète jamais rien. Il doit le dire à Charnay qui fait toujours son air. Il va le dire à Martine Giboulet. Il allait oublier Vandi et Laurain. Il faut aussi qu'il le dise à Drelin.

— Tu m'as entendu ? interroge Manu.

— Quoi ? demande Jacques.

— Je te demande si tu as compris tout ce que je viens de te dire.

Silence.

— Tu n'a pas compris ?

Silence.

— Jacques Rougeron, je te parle, continue Manu dans son froid de fenêtre. Tu as compris pourquoi je t'ai demandé de rester ce soir ?

— Non, répond doucement Jacques.

Manu pose un doigt sur ses lèvres. Il a envie de rire. Il sourit seulement.

— Allez va, petit drôle, dit le maître avec une voix très douce. Tu vas être en retard.

Jacques se lève. Bonzi se lève. Ils enfilent leur manteau de laine grise. Ils mettent leur écharpe noire et leur bonnet. Ils ne font aucun bruit. Ils regardent monsieur Mandrieu regarder le loin. Il est de dos. Il fait de la buée sur la vitre. Il lève la main sans se retourner. Il dit au revoir.

— Aurrre… reererere… revvvvooi… répond Jacques, la main sur la poignée de porte.

— C'est ça. A demain, dit Manu.

Jacques ouvre la porte, la referme, se presse dans le couloir, descend le grand escalier, longe le préau, traverse la cour. Il va jusqu'à la grille, lève la tête avant la rue, fait du brouillard de bouche. Il voit le visage du maître dans son coin de fenêtre jaune. Il a peur. Il ne sait pas de quoi. Cette fenêtre, ce visage, l'arbre qui monte jusque au noir. Il sait qu'il va arriver quelque chose.

— Manu pleure, dit le petit Bonzi.

Jacques hausse les épaules. Il dit à Bonzi qu'il est con.

— Mais si, il pleure, redit Bonzi.

Il lui retient le bras, le fait rebrousser chemin.

La cour, le préau, l'angle d'ombre juste avant le grand escalier.

— Regarde, je te dis que Manu pleure, murmure Bonzi, doigt tendu vers l'ombre frêle.

— Regarde !

Bonzi montre, mais Jacques ne voit rien. Juste que monsieur Mandrieu a replié son bras sur la vitre froide et mis sa tête dedans.

— Manu aussi est triste, dit Bonzi.

Mardi 1er décembre, 18 h 10

Les revoilà qui marchent. Jacques devant, Bonzi à ses côtés. Jacques a toujours cette peur. Il a peur de rentrer. Peur de la nuit qui vient. Peur de la maison. Peur de demain surtout. Il se dit que demain est trop près d'aujourd'hui et que les demains, tout peut arriver.

Au lieu de tourner à gauche en sortant de l'école, ils vont à droite. La rue Benoist Mary, la rue des Fossés de Trion. Ils s'éloignent. Ils arrivent sur la place. Le banc du marronnier est vide. L'heure n'est plus aux enfants. Ils contournent, ils prennent la rue des Chevaucheurs, la rue Trouvée, ils reviennent rue de la Favorite, ils croisent la rue Benoist Mary.

Ils ont marché en rond.

Jacques a peur. Bonzi a peur pour lui. Ni l'un ni l'autre ne savent pourquoi. Ils regardent le ciel en marchant. Maintenant, c'est la presque nuit. Les nuages fuient le vent. Jacques se demande souvent où vont les nuages après lui. Il y a de brefs moments de lune. Jacques a peur. Son cœur est dur. Il sent quelque chose à venir, de proche, de brusque. Quelque chose qui fait qu'il cessera de parler. Quelque chose qui l'autorisera à rester muet. Quelque chose de tellement immense que personne ne l'interrogera plus jamais. Que personne ne lui demandera plus rien. Que son silence sera autorisé, et compris, et admis, et normal. Qu'on regardera ses lèvres mortes avec respect et compassion. Il sait que quelque chose va arriver. Il a épuisé tous ses mots. Même quand il pense, il bégaie. Il bégaie jusqu'au fond de sa tête.

Jacques Rougeron marche. Bonzi à ses côtés. Il décide d'arrêter de parler. Il renonce. Il quitte la parole. Là, déjà, maintenant, tout de suite, sans attendre. Il décide que sa bouche est cousue, que ses mots sont partis mourir dans son ventre. Il décide que Jacques Rougeron est devenu muet.

Ils croisent la rue Appian. La rue des Pommières est presque noire. Les arbres derrière le mur lui soufflent le malheur. Ils ne sont qu'eux deux. Il est seul. Il commence à courir un peu. Il dépasse la rue du Manteau jaune. Il s'arrête. Bonzi, derrière. Rue Commandant Charcot. Le fort Saint-Irénée. Le boulevard des Castors. Il est presque chez eux. Il fait froid. Ils arrivent devant Gloriette. Ils traversent le jardin, coupent le bac à sable. Il caresse la pierre de son banc cassé. Ils arrivent au pied de Mésange. Jacques donne un coup de pied dans l'herbe du talus.

Il regarde l'immeuble, la façade, le quatrième étage, la fenêtre du salon. La lumière de leur lampadaire. Il monte les escaliers. Il traîne encore un peu. Puis il sonne à sa porte.

Sur la table de la cuisine, il y a deux assiettes creuses. Une assiette pour elle, une assiette pour lui. Maman Rougeron a oublié les serviettes et les verres.

— Papa n'est pas encore rentré, dit-elle en versant la soupe.

Jacques la regarde. Toujours, elle a son air de peine.

Parfois, il se demande comment mourra sa mère. Un matin au réveil, il ne l'entendra pas. Elle ne viendra pas chuchoter sur son seuil. Alors il frappera à la porte de sa chambre, il tendra la main vers elle et elle sera froide, raide de mort, partie sans déranger au milieu de sa nuit. Ou alors elle tombera, à table, suffoquant de douleur, s'écroulera sur le parquet ciré en emmenant la nappe à deux mains, et les assiettes, et les verres, et leurs ronds de serviette. Elle aura des cris de fauve, elle pissera sous elle, elle chiera, il y aura du sang dans son nez, dans ses yeux. Papa Rougeron aura la bouche ouverte, il agitera les bras en criant *chuuuut!* à cause des voisins. Ce sera grossier, violent, les pompiers marcheront à pleines bottes sur le parquet ciré, il y aura des voix inconnues dans le salon, des flashes de lumière, le saccage du familier. A moins que ce ne soit très doux. Elle rentrera un matin de printemps, ses cheveux ternes tout frais des brumes de Saône, elle posera son cabas sur la table de la cuisine et restera comme ça, debout, les yeux en silence, morte un sourire en main.

— Mange, dit maman Rougeron.

Avant l'œuf à la coque, c'est une soupe de légumes. Jacques regarde les petites ailes de poireaux. Il fait tourner l'œil gras avec sa cuiller. Il observe sa mère, la larme qui hésite au bord de ses cils. Il regarde la tranche de carotte. Il veut dire quelque chose.

— Jjjj… Jjjjee… Jjjee, commence Jacques.

— Mange donc, répète doucement sa maman.

Mercredi 2 décembre 1964

Bonzi attend, assis sur sa marche d'habitude. Rougeron passe devant lui. Il court dans l'escalier et Bonzi à sa suite.

— Jacques ?

Rougeron ne répond pas. Il a décidé qu'il ne dirait plus jamais rien de toute sa vie.

Ils descendent vers l'école. Rougeron se tait. Bonzi est silencieux. Tout est tout engourdi d'hiver. Les murs sont lustrés de froid, le pavé luit de cristaux de gel, le fer de la rampe colle à la main sans gant. Jacques marche devant. Il dérape exprès. Il glisse. Bonzi suit derrière. Il dérape exprès. Il glisse. Ils arrivent au milieu de la rue des Pommières. Jacques s'arrête. Il se retourne. Il regarde Bonzi. Il laisse tomber son cartable en s'adossant au mur. Bonzi s'arrête. Il regarde Jacques. Il laisse tomber son cartable en s'adossant au mur.

— Mon père n'était pas là hier soir, dit Jacques.

— Il n'était pas là ?

— Quand je suis rentré, il n'y avait que mon assiette et l'assiette de ma mère sur la table.

— Et alors ?

— Alors rien. Elle avait l'air triste, c'est tout.

— Il est rentré quand, ton père ?

— Dans la nuit.

— Tu l'as entendu rentrer ?

— Non.

— Donc, tu ne sais pas s'il est vraiment rentré.

— Si, je l'ai vu ce matin.

— Non.

— Quoi, non ? demande Jacques.

— Tu ne l'as pas vu ce matin, répond Bonzi.

— Mais si, il était dans le couloir.

— Non, il était pas dans le couloir. Il était nulle part.

— Nulle part ?

— Nulle part. Il n'est pas rentré, il n'était pas dans le couloir, il n'était pas là ce matin, il n'est plus nulle part.

Jacques gratte le mur du bout de sa chaussure. Un peu de blanc tombe sur son soulier.

— Mais je l'ai vu ce matin dans le couloir. Il est à la maison. Je peux pas dire qu'il est nulle part puisqu'il est quelque part.

— Ça, c'est toi qui décides, dit Bonzi.

— Et quoi alors ? Ça change quoi ? S'il est nulle part, ça veut dire quoi ?

— Que papa Rougeron a disparu, répond Bonzi.

— Disparu ?

— Oui, disparu. Il est parti avant la nuit et on ne l'a jamais revu. Et personne ne le reverra jamais. Et tu vas rester seul avec maman Rougeron. Tu es presque orphelin comme Drelin, dit encore Bonzi.

— Et ça fait quoi, si je suis presque orphelin comme Drelin ?

— Ça fait que tu es triste. Tu es tellement triste que tu ne peux plus parler.

Jacques ne répond pas. Il lève la tête. Il observe l'arbre à pendre les chats dans le gris-blanc du ciel.

Il y a eu plus grave que le chat de Vandi. Un matin de février, un homme s'est pendu au sapin. C'est Bonzi qui l'a vu. Le manteau boutonné jusqu'au col, l'écharpe en corde et le chapeau bien en place sur sa tête baissée. Quand Jacques est arrivé, c'était trop tard. L'arbre était en ordre et le parc paisible. Mais tous les volets de la maison carrée étaient fermés. Tous. Comme dans les châteaux morts. Et le lierre a commencé à prendre la façade, des pierres noires jusqu'au bord des fenêtres, puis du bord à l'écaillé des volets, puis des volets aux vitres brisées, puis des croisées aux murs et aux plafonds.

Jacques Rougeron regarde la maison toute fermée. Le sapin aux pendus. La branche du chat, la plus basse, qui caresse le haut de l'enceinte. La branche de l'homme, plus haute et dressée comme un arc tendu.

— Alors je dis que mon père a disparu ? demande Jacques.

— Ton père a disparu, répond Bonzi.

— Je dis qu'il est mort ?

— Non, il n'est pas mort. Il a disparu. Il est ni dans la terre ni dans le ciel.

— Mais ce n'est pas possible, dit Jacques.

— Ça, c'est toi qui décides, répond Bonzi.

— Et je vais dire ça à qui ?

— A Vandemer, à Poignant, à Chabanne, à tout le monde.

— A Manu aussi ?

— Non, pas à Manu, pas à méchant Fayon, pas à mademoiselle Peuvrier. C'est un secret que pour la classe.

Jacques Rougeron regarde le mur, le bout de sa chaussure tout humide de blanc, son cartable à côté. Il regarde ses mains, il les cache dans ses poches.

Papa Rougeron a disparu.

Voilà, c'était ça. La chose à venir, ce proche qu'il redoutait, ce brusque, ce tellement immense, cet épouvantable qui fait que personne ne lui demandera plus rien, plus jamais, ce drame qui obligera Pécous, Lhéris, Braux, Charnay, Revol et tous les autres à regarder ses lèvres mortes avec respect, c'était ça.

Papa Rougeron a disparu.

Désormais, Jacques sera différent. Jacques sera triste. Jacques sera presque orphelin. Il faudra le laisser tranquille dans la cour de récréation, à la cantine, sur le chemin de l'école. Si Manu lui pose une question, tous les autres répondront à sa place. Ce sera leur secret. Ils ne riront plus de Jacques, ils l'aimeront, ils l'aideront, ils le protégeront. Et peut-être que Manu aussi peut savoir que papa Rougeron a disparu. Comme ça, Jacques aura le droit de ne plus rien dire du tout, plus jamais et à personne.

— Tu me racontes ? dit Bonzi.
— Quoi ?
— Tu me racontes ton père qui a disparu ?
— Pour faire quoi ?
— Pour voir si on te croit.

Jacques ferme les yeux. Il inspire. Il parle. Avec Bonzi, Jacques ne bégaye jamais. Jacques parle à Bonzi du dedans. Il lui parle seul à seul sans remuer les lèvres. Il lui parle comme quand il ne parle pas. Comme quand il pense, ou quand il rêve, ou qu'il récite *l'hyperbolie collectivisme emphatique* devant le miroir de chez lui. Avec Bonzi, Jacques ne bégaye pas, il respire, avec des mots qui n'ont plus peur de rien.

« Au réveil, maman s'est assise sur mon lit et elle m'a caressé doucement la joue. Jamais, elle entre dans ma chambre. Jamais, elle me touche. Elle était habillée comme pour sortir. Je l'ai trouvée très vieillie, très fripée, très petite, très laide. J'ai regardé des replis d'elle que je ne connaissais pas.

Il y avait des murmures dans la salle à manger. J'ai reconnu la voix de mon oncle Louis-Marie et aussi celle de Lénie, ma tante.

— Il faut te lever, a dit ma mère, avant de quitter ma chambre.

J'étais en pyjama, pieds nus, debout devant ma porte. J'ai regardé les visiteurs. J'avais froid.

— Mais tu grelottes ? a dit Louis-Marie.

Il s'est avancé. Il m'a pris par l'épaule. Jamais Louis-Marie ne m'avait pris par l'épaule. Des fois, il se met en garde de boxe pour jouer avec moi, ou il me demande de tirer son petit doigt avant de lâcher un pet, mais me prendre par l'épaule, jamais. Ça fait deux ans que je ne l'avais pas vu. Ni lui, ni Lénie. Louis-Marie, c'est le frère de maman. Il m'a conduit à la cuisine. Dans le couloir, il y avait aussi monsieur Fayolle, le voisin du dessus. Il avait les mains dans les poches. Il était tout pensif et sans un mot.

— Il reste du lait dans la casserole, a dit maman.

Je me suis retrouvé seul devant mon bol. Je l'ai regardé. Le lait, la peau qui empeste le cœur. J'ai entendu des voix au salon. Un bruissement de mots, un chuchotis de deuil. J'ai pris le bol, je l'ai versé dans l'évier, j'ai fait couler l'eau. J'avais de plus en plus froid.

Depuis mon lever, on ne m'avait dit que les choses d'habitude. Lève-toi. Mange. Habille-toi. Je me suis habillé. J'avais dormi avec un slip. Je l'ai gardé. J'ai mis un pantalon de laine grise, une chemise jaune et un pull. J'ai recherché une chaussure sous mon lit. J'étais prêt, mon cartable, mon manteau, mon bonnet, mon écharpe. J'écoutais le silence, debout derrière la porte de ma chambre.

Et toi pendant ce temps tu m'attendais déjà, assis sur l'escalier.

On a sonné à l'entrée. Maman a couru dans le couloir.

— Ah, c'est vous !

Elle avait sa voix déçue. Je l'ai entendue tousser. J'ai reconnu ce timbre grave. J'ai entrouvert ma porte. Maxime était dans l'entrée. Maman l'a débarrassé de son manteau.

— Depuis quand ? il a demandé.

— Hier au soir, a répondu ma mère.

Maxime, c'est le frère de papa, son petit frère. Il travaille chez les fous, au Vinatier. »

— Il ne faut pas dire les fous, dit toujours Maxime. Parce que ça peut arriver à tout le monde.

Maxime Rougeron est infirmier. Depuis qu'il est tout petit, Jacques est effrayé par son silence. Maxime ne parle pas. Un mot ici, un mot là, juste l'essentiel. Quand Jacques parle, Maxime le regarde en plissant des yeux. On dirait qu'il a mal au ventre. Parfois, Jacques reste comme ça, courbé en avant, en se tapant la cuisse, sa phrase en avalanche, et Maxime tourne le dos sans attendre. Il n'écoute pas la fin. Il s'en va sans rien dire, en haussant ses grosses épaules.

Louis-Marie lui, essaye toujours de finir les phrases de Jacques.

— Lili… llliii… commence Jacques.

— Livre ? aide Louis-Marie.

— Ff… fafaaa.

— Facile ?

— Tttt… Traatraaaa…

— Tracas ?

Maxime, lui, ne dit rien. Il ne cherche pas à dire. Il regarde Jacques, secoue la tête et s'en va.

« Maman a suspendu le manteau de Maxime dans l'entrée. Elle m'a vu par la porte ouverte.

— Jacques ! Tu es encore là ?

Je me suis montré, j'ai dit que oui.

— Dépêche-toi d'aller à l'école, file !

J'ai traversé le petit couloir. Je me suis mis sur la pointe des pieds. J'ai embrassé Maxime, les mains le long du corps.

— Bonbbbbon... Bbbo...

— C'est ça, bonjour et au revoir, a dit mon oncle.

Il s'est retourné. Il a marché vers la cuisine.

— Tu as des œufs ? a-t-il demandé.

— Jacques a mangé le dernier, a dit ma mère. »

— Voilà, dit Jacques.

Bonzi regarde Rougeron.

— Ça ne veut pas dire que ton père a disparu, dit-il.

— Si, puisqu'il n'est pas là.

— Non. Il faut que ta maman te le dise. Ou Maxime, ou Louis-Marie. Il faut que quelqu'un t'annonce que ton père a disparu.

— Pourquoi ?

— Parce que comme ça, tu pourras dire qu'on te l'a dit.

Jacques se baisse. Il ramasse son cartable.

— Raconte ce qu'on t'a dit, demande encore Bonzi.

— On m'a dit que mon père avait disparu.

— Qui te l'a dit ?

« Il y avait des murmures dans la salle à manger. J'ai

reconnu la voix de mon oncle Louis-Marie et aussi celle de Lénie, ma tante », raconte Jacques. *« Il va falloir dire au gosse que son père a disparu, a dit Lénie. Je lui dirai ce soir lorsqu'il rentrera, a répondu ma mère. »*

Bonzi sourit. Il se baisse, ramasse son cartable.

Cette fois voilà, c'est vrai. Papa Rougeron a disparu. Lucien Rougeron, né le 5 décembre 1914 à Migné-Auxances, dans la Vienne. Lucien Rougeron, fils d'Amédée Rougeron et de Violette Servin. Lucien Rougeron, plâtrier à seize ans, spécialisé dans les plafonds, grièvement blessé au dos en avril 1956 après une chute d'échafaudage. Lucien Rougeron, marié le 2 juin 1951 avec Louise Ladet. Lucien Rougeron, père de Jacques, né à Saint-Symphorien-sur-Coise (Rhône), le 17 novembre 1952. Lucien Rougeron a disparu de son domicile lyonnais dans la nuit du mardi 1er au mercredi 2 décembre 1964.

Jacques se détache du mur. Bonzi se détache du mur. Ils ont du blanc de givre et de sale dans le dos. L'arbre aux pendus frissonne. Ils sont seuls. Ils descendent la rue des Pommières. Ils sont en retard. Rougeron se tait. Bonzi est silencieux. Un père a disparu.

Au début de la leçon, Manu a ôté ses lunettes abîmées, levé le bras au-dessus de sa tête et agité son livre.

— Manuuuuel de géographie, a mollement chantonné la classe.

Jacques était assis à côté de Couturier. Le doigt sur la ligne, Couturier suivait ce que disait Manu.

— La longueur du Rhône est de 812 kilomètres. Nous avons 522 kilomètres qui traversent la France.

Manu, dos au tableau, légèrement penché en avant. Manu a demandé :

— Et le reste du Rhône ? Il passe par où, le reste du Rhône ?

Il a joué avec un morceau de craie bleue, d'une main à l'autre, capturant chaque élève par un regard de maître.

— Le reste ? Hein ? Les kilomètres restants ? 812 en tout, 522 chez nous. Le reste ?

Manu a traversé l'estrade, la main droite fermée dans son dos. Il est allé à la fenêtre. Il a regardé l'arbre le regarder.

— Alors ? Le reste ?

— 290 kilomètres ! a crié Fayon.

Manu s'est retourné. Il a pris son temps. Il a secoué la tête, levé les yeux, creusé sa ride de front. Il a fait son visage de *« tu es un crétin »*.

— Fayon ?

Sa voix grave.

— Monsieur ?

— D'abord, baisse le doigt.

— Oui, monsieur.

— C'est l'heure du calcul mental ?

Petit Fayon l'a regardé, bouche large, la main encore ouverte d'avoir compté ses doigts.

— Quoi, monsieur ?

— Je dis : est-ce l'heure du calcul mental ?

— L'heure de quoi ?

— Quelle leçon avons-nous à cette heure-ci, Fayon ?

Petit Fayon a baissé la tête.

— Géographie, monsieur.

— Bieeeeeen, a dit monsieur Mandrieu.

Il a croisé ses doigts, les a tordus en arrière, a jeté ses mains par-dessus sa tête comme s'il s'étirait. Le poêle faisait son bruit de chaud.

— Alors, reprenons la question : le reste du Rhône ? Il est passé où, le reste ?

Couturier regardait son livre. Il n'osait pas lever les yeux. Juste à côté de lui, Rougeron pleurait. Pas beaucoup, mais il pleurait. Au début, il reniflait un peu. Et encore un peu plus. Après, il a eu un petit sanglot. Drelin a levé la tête. Il a vu Rougeron de profil, avec sa bouche plissée et une larme de morve au menton.

— Je rappelle que le Rhône est cette large avenue d'eau qu'on peut parcourir en bateau solide ou traverser à l'aide d'un pont, a continué Manu.

Il est retourné à sa vitre. Il a levé ses lunettes sur son front, puis regardé le ciel. Et l'arbre encore. Il a le temps, tout le temps. Il leur laisse souvent son silence en otage.

— Le reste du Rhône coule dans le pays des montres et du chocolat, a lâché Manu en se retournant lentement.

Il a regardé la classe. Il a reposé son morceau de craie bleue sur le rebord de son bureau.

— Le Rhône traverse quel autre pays ?

— La Saône ? hasarde Sicaut.

Manu hausse les épaules.

— Qui va répondre ? Qui sait d'où vient le chocolat

suisse ? Qui sait d'où viennent les montres suisses ? Qui peut me dire dans quel pays de Suisse coule le Rhône ?

Monsieur Mandrieu s'est assis sur son bureau. Il a lancé son bras de gauche à droite comme un balancier d'horloge.

— Tic ! Tac ! Tic ! Tac ! Et tic ! Et tac ! Et tic ! Et tac ! Mon amie la montre suisse, d'où viens-tu ?

Il s'est tourné vers le tableau. Il a fouillé sa poche, sorti une craie blanche et tracé la lettre *S* en grand.

— Vous connaissez le jeu du pendu ? a dit le maître.

La salle a bruissé de rires. Derrière le S, il a écrasé cinq petits points. Il est revenu à la classe. Il a regardé au-dessus des têtes.

— Chaque fois que j'appelle quelqu'un, il me donne une lettre. D'accord ?

— D'accoooord ! a répondu la classe.

— Une lettre qui fonctionne, d'accord ?

— D'accoooord !

— Couturier ! a crié Manu.

— M'sieur, y a Rougeron qui pleure, répond Couturier.

Couturier, le doigt levé. Qui regarde Jacques et regarde Manu. Qui va de l'un à l'autre avec la bouche ouverte et du tout sec autour. Une heure, presque, il a attendu. Il n'était pas certain que Rougeron pleurait. Il avait peur de déclencher le tumulte. Couturier ne lève jamais la main. Jamais. Couturier ne dépasse pas. Couturier n'a pas d'histoire. Couturier vit tête basse. Couturier n'a pas de sourire, pas de regard, pas de crottes de nez. Couturier ne vomit jamais. Couturier longe la vie. Ses mots ne font pas de bruit. Le soleil l'évite.

L'ombre l'ignore aussi. Chaque matin, on regarde Couturier en se demandant qui il est. Quand ils s'en souviennent, les autres l'appellent *Drelin*, pour le bruit d'une noix dans une tête de plomb.

— Adrien Couturier n'a jamais eu de parents, a expliqué Charnay, le meilleur ami de Vandemer.

Il avait dit ça au début de l'année, tout en prenant son air. L'air de Charnay. Un regard important, et un sourire si mince qu'il ne sourit jamais. Tout le monde essaye d'imiter Charnay lorsqu'il fait son air. Il faut plisser le front, bien regarder à terre, mettre ses mains dans les poches, examiner l'autre en face comme si on avait tout bien réfléchi.

Charnay avait plissé le front. Il avait longuement regardé à terre, mis ses mains dans les poches et relevé les yeux vers Vandemer en disant gravement :

— Drelin Couturier est né deux ans après la mort de ses parents.

— Monsieur, y a Rougeron qui pleure !

Fouillis de chaises. La classe se retourne. Le silence. Fayon, Poignant, Fischer, Bonval. Ariès a un bleu à la joue. Menard, de l'encre autour des lèvres. Pécous le boiteux ouvre de grands yeux. Fayon a le front mauvais de son grand frère Lucien. Courtois-Favre pose le menton sur son dossier. Seul Bonzi ne se retourne pas. Il reste devant lui. Face au tableau, au grand *S*, aux cinq points, au gibet du pendu, à la fenêtre grise. Il ferme les yeux. Il a peur. Il sait que Jacques ne pourra pas parler. Que ses mots sont passés par-dessus bord. Qu'ils ont déserté, qu'ils sont rentrés chez eux, qu'il sont allés retrouver leur femme et leurs enfants, qu'ils se promènent sur d'autres lèvres, qu'ils courent partout et en désordre, qu'ils font rire les filles, qu'il font marcher les soldats, qu'ils font pleurer des enfants, qu'ils font rêver, danser, promener dans les bois tandis que le loup y est pas, qu'ils font les quatre saisons, les grands magasins, qu'ils font des suçons dans le cou, qu'ils embrassent avec la langue, qu'ils sont méchants, qu'ils ont quitté Jacques son ami, qu'ils l'ont laissé tout seul, qu'ils ont refusé de lui faire dire *la Suisse*, qu'ils ne reviendront plus.

— Rougeron ?

Monsieur Mandrieu descend de son estrade. Il met la craie dans sa poche. Il s'approche du bureau de Rougeron. Maintenant, Jacques pleure vraiment. Il laisse aller. Il morve, il sanglote. Il est retourné sous son lit à secrets. Il est dans sa nuit, il est dans son lit, il est sous les poings frappés de son père. Il est triste. Cette fois, il est triste de lui. Il a fermé fort les yeux. Il voit ses couleurs de derrière les paupières, des ballons, des serpentins d'argent mouillé, des étoiles, des astéroïdes, des aérolithes, les derniers mots qui s'affolent, qui prennent l'eau, qui filent en larmes sur ses joues. Une main s'est posée sur son épaule. Il pleure. Il ne peut plus rien ouvrir. Les yeux, la bouche, les oreilles, les poings, tout est clos. Il a crispé son visage. Il serre les dents, le front, le haut de son nez, ses pieds sont en boule, il tremble.

— Jacques ?

On le soulève, quelqu'un. Il a les jambes lasses. Il a perdu du sang. Un clairon joue pour lui. Il sent sur son cou le drap de l'uniforme. On le porte en terre. Sa mère pleure, son père pleure. Martine Giboulet pleure, toutes ses nattes en fouillis. Il y a des drapeaux partout. C'est les tranchées, c'est la guerre, c'est la fin. Il est maréchal de France. Il est presque mort. Il va faire un discours aux vivants, une phrase pour les livres. Des mots avant le sombre, quand il faut tout noter.

— Je sais que l'hyperbolie collectivisme…

— Jacques, tu m'entends ?

Il ouvre un peu les yeux.

— Jacques ?

Manu ! Le brave Manu ! Le capitaine Manu ! Couvert de sang comme lui, presque mort comme lui, qui le regarde derrière ses lunettes cassées. Qui l'aide. Qui lui caresse le front. Ils vont mourir ensemble. Jetés en terre dans le drapeau, entre Fernand Théfault, Maurice Théfault, Francis Théfault. Avec les mêmes croix blanches, avec les mêmes bouquets de violettes, avec le même vent pour dépeigner les cheveux, avec ce même triste, avec Marthe qui n'est pas folle et qui viendra les voir, son chat gris dans les bras.

Rougeron ouvre les yeux. Manu est perlé de lumière de pluie. Il le porte. Il l'emporte. Il le pose sur son bureau. Jacques Rougeron est couché sur le bureau de monsieur Mandrieu. Il a refermé les yeux. Il est très malade. Il est mourant. Il est mort.

— Il est mort ? demande Sicaut.

— Vas vite chercher mademoiselle Peuvrier, répond Manu.

La classe est debout. Tout le monde est debout, à sa place. On dirait que monsieur Tranchant vient d'entrer dans la pièce.

Le directeur n'est pas là. Tout le monde est levé quand même. Sicaut gratte son plâtre. Drelin n'a plus de couleur. Vandemer a les mains dans les poches. Charnay fait son air. Pécous, Ottaviani, Revol, Boczov, Vandi. Tout le monde regarde les semelles de Rougeron, couché sur le bureau, et le trou dans sa chaussure, et le papier journal qui dépasse du trou.

— Elles te feront encore cet hiver, avait dit papa Rougeron.

— Mmmm… Mmais elles pprennent l'eau, ma… Ma… mman ! avait dit Jacques.

Sa mère a découpé une forme de pied dans une boîte en carton, collé deux épaisseurs de journal dessous et glissé la semelle dans la chaussure.

— Voilà, tu seras au sec, avait dit maman Rougeron.

Jacques est couché sur le bureau. Jacques Rougeron est couché sur le bureau de monsieur Mandrieu. Il a les yeux ouverts. Il n'est pas mort. Un jour, Bonzi lui a dit :

— Tu ne seras jamais maréchal de France.

Il n'est pas maréchal de France. Et il n'est pas mort mais il est presque mort, presque tout seul, presque abandonné. Il a perdu son père. La moitié de sa mère et de lui. Il l'a perdu comme on perd ses clefs de maison.

Jacques Rougeron n'a pas la clef de la maison. Il n'a jamais eu de clef de rien. Un jour, Sicaut lui a montré la sienne, une clef jaune au bout d'un scoubidou. Réveillon aussi a la clef de chez lui. Pendant toute une journée, Laurain et Boczov ont échangé leurs clefs pour rire. Courtois-Favre a deux clefs, celle de chez son père et celle de chez sa mère. Gros Vandi porte une clef attachée à un lacet autour du cou. Vandemer, Menard et Couturier n'ont plus de clef parce qu'ils l'ont perdue. Seul Laurent Bonval n'a pas la clef de chez lui.

— Et toi, tu as une clef ? lui a demandé Laurent Bonval.

— Ou… Ou… Ouiii, bbien sûr, a répondu Rougeron en riant.

Jacques Rougeron a égaré son père.

Il referme les yeux. Il sent la main de Manu sur la sienne.

— Mon père a disparu, dit Rougeron.

Il ne le dit pas avec ses mots. Il n'a plus de mots. Il le palpite, il le claque des dents, il le tremble. Il entend le sang qui revient à la classe. Quelques chaises raclées, des murmures, un toussotement de spectateur. Ils ne savent pas encore. Ils vont savoir. Ils vont apprendre l'extraordinaire nouvelle. Un père a disparu. Là, sous leurs yeux. Le père de Jacques Rougeron. Le père du maréchal de France. Celui de leur copain, de leur meilleur ami, du coup. Son père. Presque leur père à eux. Tout va être bouleversé. Nous sommes le mercredi 2 décembre 1964. C'est la Sainte-Viviane. A partir de cet instant, de cette minute précise, de cette sensation de nuque dure sur le bois du bureau, Jacques Rougeron sait que plus rien ne sera comme avant. Il le sentait, ce matin dans la cuisine silencieuse. Il le devinait aussi sur le chemin de l'école. Mais cette fois, il le sait.

Aujourd'hui, pour une heure, trois jours, dix ans, il pourra ne plus parler jamais. Ne plus dire. Rien. Ne plus avoir la gueule ouverte, les lèvres bégayeuses et tout ses rots de mots. Il peut être muet. Et muet pour tout le monde. Pour la classe, pour Manu, pour mademoiselle Peuvrier, pour méchant Fayon, pour monsieur Le Goff, pour monsieur Tranchant. Il peut aller au tableau et dire non de la tête. Il peut ne plus répondre. Il va apprendre un langage de signes. Un langage de lui. Une langue de Rougeron qui a perdu son père. Il sait, la tête sur le bureau, le sang qui bat, le pied droit qui tressaute, il sait qu'il peut se taire à jamais. Son père a disparu ! La nouvelle va courir l'école, bondir d'élève en surveillant. Papa Rougeron, disparu. Le père de Bonval est mort. Le grand-père de Boczov a été tué à la guerre. Les parents de Drelin sont morts avant sa naissance. Le père de monsieur Le Goff a disparu à bord du *Pen ar Guézec* au large du Guilvinec. C'est nul, quand on est mort. C'est rien, mort. Partout, il y a des morts. Plein les cimetières, plein les actualités, plein les cadres sur les buffets. C'est normal, un mort. C'est la vie, la mort. Mais des disparus ! Disparu, c'est rare, c'est compliqué, c'est magique, c'est interdit de disparaître.

Jacques Rougeron est fils de disparu.

— M'sieur, il repleure ! dit Sicly.
— Il repleure pas, a dit Bonzi, il est content.

Il a dit ça doucement. Sans remuer les lèvres. Il ne l'a dit que pour Jacques et pour lui. Comme lorsqu'ils se reflètent l'un l'autre contre la porte de leur immeuble, chacun d'un côté de la grande vitre, leurs mains accolées, leurs fronts soudés, leur buée de bouche, leur même regard, leurs cheveux pareils et leur manteau de laine grise au bouton recousu.

Jeudi 3 décembre 1964

Jacques Rougeron a mal dormi. Au milieu de la nuit, sa lampe de poche dans la paume de main, il s'est glissé sous son lit pour écrire.

« Mercredi 2 décembre 1964. Onze heures du soir. J'ai dit à Manu que mon père avait disparu et je ne parle plus. »

Il aurait voulu ajouter que mademoiselle Peuvrier s'était penchée sur lui et qu'il avait vu son sein. Juste le haut. Le galbe. Une clarté de chair par la brisure du col. Elle l'a fait se relever, s'asseoir doucement sur le bureau. La récréation avait sonné. Vandi, Revol et Réveillon tardaient à sortir. Ils rangeaient leurs affaires en regardant Rougeron. Manu était derrière lui. Il lui tenait la nuque. Mademoiselle Peuvrier écoutait son cœur sans un mot.

— Ta mère est chez toi ? a demandé Manu.

Jacques a hoché la tête. Il a menti que oui.

— Tu veux aller à l'infirmerie ou rentrer chez toi ?

Il a encore hoché.

— A l'infirmerie ?

Il a dit non du front.

— Chez toi ?

Il a dit oui des yeux.

— Tu ne peux pas parler ? a demandé Manu.

Il lui a dit que non.

— Qu'est-ce que c'est encore que cette histoire ? a demandé mademoiselle Peuvrier.

Elle lui a fait ouvrir la bouche, montrer sa gorge. Elle a regardé s'il n'avait pas de mots sous la langue.

Il a vu son sein.

Manu lui a demandé s'il tenait assis tout seul. Rougeron a hoché la tête. Alors le maître s'est éloigné un instant, prenant l'infirmière par le bras. Ils chuchotaient. Ils lui tournaient le dos. Ils étaient près de la fenêtre. Bonzi a entendu le mot *bègue* et aussi le mot *choc*. Mademoiselle Peuvrier lançait des petits regards pointus. Elle faisait la moue. Sa main n'avait pas la chaleur de Manu. Ils sont revenus au bureau. Manu a souri. Il a ouvert son tiroir, pris une feuille blanche et un crayon à papier. Il les a tendus à Rougeron.

— Écris, si tu ne veux pas parler, a dit le maître.

Mademoiselle Peuvrier a haussé les épaules. Bonzi a regardé Jacques. Jacques a pris la feuille et le crayon. Jacques a regardé Bonzi.

— C'est un secret ! C'est notre secret ! C'est juste pour la classe ! disaient les yeux de Bonzi.

— Allez, écris si tu as quelque chose à nous dire, a répété doucement Manu.

Rougeron sentait la terreur de Bonzi. Elle griffait son cœur, elle hurlait partout. Il était pâle, faible, éteint, il tombait dans son ventre les deux mains en avant.

— Ne lui dis pas à lui ! C'est Manu ! C'est le maître !

Il est trop grand ! Dis-le à Drelin, à Réveillon, à Dinh, à Toto Braux, mais pas à Manu !

Jacques Rougeron a étalé la feuille sur ses genoux. Il a fait rouler son crayon dans ses doigts.

— Pas à Manu, je t'en supplie ! Il va le dire au directeur, il va aller voir maman Rougeron, il va voir que ce n'est pas vrai, il va te punir ! Pas à Manu, ne le dis pas à Manu ! hurle Bonzi dans le ventre de Jacques.

Jacques Rougeron a posé la mine sur le papier. Il a écrit :

« Mon père a disparu cette nuit. Il est parti de chez nous. Je ne peux plus parler. »

Manu lisait à l'envers, debout face à lui. Il avait le visage de leur soirée d'hiver. Quand il avait demandé à Jacques s'il était triste, quand l'arbre de la cour était rongé de soir, quand il avait enlevé sa blouse de maître, quand il lui avait parlé de lui. Il avait sa ride du front. Il avait la figure pâle et les yeux seuls.

— Jacques, tu as mauvaise mine, a dit maman Rougeron ce matin.

Elle était assise dans la cuisine, à table, et regardait son fils devant son bol.

— Ça ne va pas ?

Il n'a pas répondu. Il a baissé la tête et les yeux. Il a regardé la peau sur le lait. Une peau jaune, grillée sur les bords, grasse, lourde comme un couvercle et bosselée de chaud. Il a soufflé. Elle s'est levée comme un coin de voile, s'est ridée en surface et a repris sa place de peau.

Maman Rougeron a observé son fils. Elle a soupiré. Il avait sa figure pâle et ses yeux cernés.

— Tu te touches ? lui avait demandé papa Rougeron, un matin.

Jacques l'avait regardé sans comprendre.

Papa Rougeron l'avait pris par le bras, serré dans ses gros doigts, levé de sa chaise avec tout son brutal, traîné dans le couloir jusqu'à la salle de bains. Il l'avait projeté contre la glace, la main sur sa nuque pour lui lever la tête.

— Tu te touches ?

Jacques se regardait. Ses yeux tombés, ses lèvres blanches, ses épis en cheveux. Il regardait sa peau, ses boutons, sa cicatrice de front. Il regardait son père, collé à lui, main levée pour le battre.

— Les gens qui ont ta tête, ils se touchent ! Ceux qui ont des cernes comme ça, ils se touchent ! Ce sont des vicieux qui se touchent ! Tu es un vicieux ! Tu te touches !

Il criait, main levée. Jacques attendait qu'elle tombe. Qu'elle heurte sa tête, sa nuque, qu'elle lui claque les dents, la langue, les tempes, le front, les yeux, qu'elle vacarme tout, qu'elle le rende sourd, brûlant, aveugle, qu'elle strie de rayures blanches son dedans de paupières, qu'elle lui sèche la bouche, qu'elle éparpille ses mots.

Maman Rougeron sort de la cuisine. Jacques se lève. Il vide son bol de lait dans l'évier. Il ouvre le robinet sur l'odeur écœurante, il pousse la peau avec le doigt, il la fait se glisser dans le trou de faïence.

— Tu fais quoi, aujourd'hui ? demande maman Rougeron.

Elle parle depuis le couloir. C'est jeudi. Le jeudi, elle range la penderie de papa disparu. Elle secoue sa canadienne, un cuir tabac tout maculé de blanc. Elle frotte à la brosse les manches, le dos, le dessous des boutons, la boucle de ceinture et la fourrure de col. Adossé à la porte de la cuisine, Jacques la regarde. Elle aère les cintres, elle écarte les salopettes blanches, elle enlève les souliers pour les racler sur un papier journal.

— Aide-moi donc.

Avant de passer le balai dans la penderie, il faut déplacer la caisse baladeuse, l'auge, les deux seaux et le gâchoir couché. C'est toujours Jacques qui fait ça. Qui enlève les outils du placard et les repose sur le carrelage du couloir.

— Ça, c'est la berthelet à dents, lui avait expliqué son père.

Comme un râteau de fer avec un manche en bois.

— Ça, c'est le riflard.

Comme une truelle.

— Ça, c'est la langue-de-chat.

Comme une pelle à tarte.

Il devait avoir huit ans. C'était un jeudi. Papa Rougeron et Jacques étaient assis par terre dans le couloir. Maman Rougeron rangeait les chaussures en souriant. Il faisait soleil dans la maison. Tout était tranquille. Du bout de son index, le père avait touché deux fois le bout de nez de son fils. C'était son geste quand il était content.

Il a ouvert sa caisse à outils.

— La caisse de mes outils, il disait.

Il disait aussi qu'un plâtrier ne devait jamais travailler avec l'instrument d'un autre. Que cela portait malheur. Que c'est en gobetant avec une truelle prêtée qu'il était tombé de l'échafaudage.

Il montrait à Jacques. Il avait levé sa taloche. Il tournait la planche vers la lumière. Il disait qu'en passant un doigt sur le manche, on sentait l'empreinte creusée des siens. Il disait que la truelle des autres coupait les gorges mais ne les lissait pas. Il était fier. Il était content. Il rangeait un à un ses outils à leur place en les nommant tout haut. Il avait du blanc sous la peau, autour des rides de front, à la racine des cheveux. Il se relevait lourdement. Il toussait.

Jacques est debout. Il regarde les outils de son père disparu. Il regarde le dos de sa mère, penchée sur son balai. Il s'accroupit. Il prend la langue-de-chat qui dépassait. Il la soupèse. Contre le mur, il refait le geste ample que son père a fait un dimanche, en sortant de table, pour montrer à monsieur Paccalier qui demandait conseil.

Truelle à briqueter, platoir, sciotte, berthelet. Jacques Rougeron avait appris ces mots par cœur. Il les avait choisis un par un, jour après jour, et recopiés dans son cahier à mots.

— Ne parle jamais de ton cahier à mots, lui avait dit Bonzi.

— Je n'en parlerai jamais, avait répondu Jacques.

C'est un gros cahier noir, à marge et à carreaux. Dans les premières pages, il a écrit des mots de tous les jours. Les noms de cyclistes, d'abord. Rudi Altig, Henry Anglade, Tom Simpson, Jan Janssen, André Darrigade, Jacques Anquetil, Gianni Motta, Raymond Poulidor et tous ceux encore qu'il lisait dans le Progrès. Plus il répétait ces noms, moins il les bégayait.

— Pppapa, Frederico Bahamontes est bbbibibien mmmaillot j… j…j… jjaune ? interrogeait l'enfant.

Et le père hochait la tête. Il le regardait par-dessous. Il se demandait pourquoi des mots comme *maillot* ne venaient pas, alors que d'autres, difficiles comme *Frederico Bahamontes*, coulaient comme source.

Jamais papa Rougeron ne s'était douté que le nom de ce coureur avait été forcé des heures dans le silence, dressé en langue comme un taureau, puis calmé, réconforté, apaisé, apprivoisé, domestiqué et roulé d'une joue à l'autre avant que les lèvres ne s'ouvrent.

Après les cyclistes, Jacques avait écrit d'autres mots à apprendre par cœur. Les fleurs, les pays, les animaux, les capitales, les poissons, les rois égyptiens, les chanteurs, les poètes, et aussi *Vacherauville*, *Béthincourt*, *Samogneux*, et encore les planètes de papa Rougeron, les fusées de papa Rougeron et les cratères de la Lune. Parce que son père n'était pas que plâtrier, il était aussi savant. Un savant des étoiles.

— Quand je pense qu'il y a des imbéciles qui croient

que nous sommes seuls, disait souvent son père devant un ciel de nuit.

Ensuite, Jacques a retourné son cahier à mots. Il l'a ouvert à l'envers et commencé par la fin. Il a décidé qu'il fallait une place à part pour les mots de son père. Parce que c'était des mots précieux. Des mots de travail. Alors il les a pris en bouche, il les a goûtés comme un trait de sirop. Chaque lettre. Une par une à petite gorgée. Truelle. Le T, le R, le U, le E, les deux L et le E à suivre. Puis le TR. Puis le TRU. Les mots de son papa. Des mots Rougeron. Des mots amis. Des mots qui se laissent faire. Qui ronronnent. Qui caressent. Il les a formés sous sa langue. Il les a fait mûrir. Il les a gardés pour lui seul et son père, le jeudi, assis au milieu de leur couloir. Pour les nommer en les touchant, pour les dire à voix haute, à voix belle, à voix fière, sans que papa Rougeron finisse le mot à sa place, les sourcils froncés, le regard triste et les lèvres lasses.

Longtemps, Jacques Rougeron a cru qu'il était seul à tenir un cahier à mots. Il n'en avait jamais parlé, mais ne le cachait pas. Il ne l'emportait nulle part. Il le laissait dans sa chambre, ouvert sur son bureau aux derniers mots appris. Un jour d'été, blessé à la cuisse, il a cherché une planche anatomique dans le dictionnaire de maman Rougeron, dessiné le membre dans son cahier puis recopié le nom des nerfs, des veines, des muscles, de tout ce difficile à prononcer.

Iliaque, aponévrose, couturier, saphène, tenseur, crural.

Ensuite, il s'est levé et il a commencé à répéter chaque mot à voix haute sans entendre papa Rougeron qui entrait.

— Ccrru... ccrru... crrurr... crruuural, disait Jacques en moulinant sa main.

— Tu révises quoi ? lui a demandé papa Rougeron.

Il a sursauté. Il a laissé tomber son cahier. Il l'a ramassé. Il l'a posé sur son bureau en disant qu'il révisait la cuisse.

— La cuisse ?

Il a dit oui, la cuisse. Et il a expliqué qu'il notait tous les mots difficiles.

Papa Rougeron a regardé son fils. Il a souri. Il est sorti sans parler. Il est allé dans sa chambre. Il est revenu avec un grand cahier de cuir rouge, fermé par deux lanières effrangées. Il s'est assis sur le lit de Jacques. Jacques s'est assis à son côté. Papa Rougeron avait un cahier à mots. Pas un cahier de bègue, un cahier d'ouvrier. Un cahier pour ceux qui n'ont pas été à l'école. Un cahier de pauvre. Un cahier pour apprendre. Un cahier pour savoir ce que les autres savent.

Papa Rougeron n'a pas laissé Jacques toucher son cahier. Il l'a ouvert devant lui et a tourné les pages. Jacques regardait son écriture tachée, ses petites lettres molles, ses phrases qui glissent, sa façon de souligner pour dire c'est important. Il regardait ses mains. Il sentait contre lui la chaleur de son père.

Tout haut, papa Rougeron lui lisait les chapitres.

— *Grands événements, grandes phrases, conquête spatiale...*

L'espace. C'était son plaisir, son temps à lui. Dès

qu'il avait passé ses mains sous l'eau du robinet et brossé le blanc qui rongeait ses ongles, il ouvrait le même livre qui lui parlait d'étoiles. Dès qu'il entendait une nouvelle importante, il la notait et la soulignait.

« 25/08/1961. Tentative Ranger 1. L'étage de lancement ne s'est pas allumé. »

« 4/01/1963. Lancement de Spoutnik 25. »

« 28/07/1964. Lancement de Ranger 7. Alunissage dans la Mer des nuées le 31/07. La capsule a pris 4 306 photos !!! » En rouge, papa Rougeron notait les dates. En bleu, il marquait les mots érudits. Tout nouvel exploit américain ou soviétique méritait trois, quatre, parfois cinq points d'exclamation.

Un matin, en son absence, Jacques a ouvert le cahier de son père. Il y a puisé quelques mots qu'il a notés dans le sien. Des choses extraordinaires. *« Oceanus Procellarum, Océan des tempêtes, Mer des crises, Mer de la fécondité, Fra Mauro cratère, Sinus Medii, Flamsteed, Tycho, Thor-Able 1, Mariner, Lunik, Pioneer, Venusik 1, Zond, Tauros littrow, Cratère Lémonnier. »*

Et il a recopié ce qu'il savait déjà. Des noms de villes, d'oiseaux, de fleurs, des noms de gens, des noms de voitures, des noms de nuages, des noms de mécanique, des noms difficiles, des noms savants, des mots de psychologie, de médecine, de botanique. Il avait écrit deux mots anglais qui disent le bégaiement : *« tutterer, stammerer »*. Il avait écrit *Petit cabri,* parce qu'une dame l'avait appelé comme ça. Souvent, il mariait des mots. C'est comme ça qu'il avait inventé *l'hyperbolie collectivisme emphatique*. Mais aussi, pour chaque mot étudié, il en trouvait deux autres. Des mots pour bègue. Des mots de relève, de secours, de remplacement. Des mots qui attendaient la défection d'un autre, cachés dans les fourrés du fond de la gorge.

Avec Bonzi, seule Martine Giboulet sait que Jacques tient un cahier. Elle croit qu'il cherche des jolis mots, qu'il les écrit pour en savoir le plus, et même en trop, pour plus tard, pour des compositions écrites, ou des poèmes à lui. Elle ne sait pas que c'est un cahier à bègue.

Martine Giboulet habite au deuxième étage de Perruche. Sa chambre donne sur les arbres et sur le bac à sable. Lorsqu'elle trouve un mot pour Jacques, elle le recopie.

— Tu veux que je te donne un nouveau mot ? lui a dit un jour Martine Giboulet.

— Non, je préfère que tu me l'écrives, avait répondu Jacques.

Parce que Jacques Rougeron n'aime pas quand petit Fayon est là, avec elle, avec Vandi ou Menard le loucheux. Quand ils sont tous ensemble, Martine Giboulet a le même rire bête. Alors Jacques lui a demandé que ces mots soient un secret. Quelque chose à eux seuls. Juste elle et juste lui.

La semaine dernière, Jacques a appris un nouveau mot.

Martine Giboulet a attendu qu'il soit sous sa fenêtre pour le lui lancer. Elle lui a fait un signe de la main. Elle a jeté son petit papier bleu, bien serré dans un élastique blanc. Jacques a ramassé le message. Il a couru vers Mésange. Il a poussé la porte vitrée de son immeuble.

Il a monté quelques marches, s'est assis, a enlevé l'élastique de fille et déroulé le papier.

Il y avait écrit : *« évanescent »*.

Juste ça, juste la musique du mot. Ensuite, il a cherché ce que cela voulait dire dans le dictionnaire de maman Rougeron.

ÉVANESCENT, ENTE [evanesä, ät] adj.
Lat. evanescens. (Littéraire).
°1. (1838). Qui s'amoindrit et disparaît graduellement.
°2. Qu'on aperçoit fugitivement.
°3. Qui a une apparence imprécise, floue.
°4. (Personnes, comportement). Qui donne une impression de délicatesse, de détachement extrême ; qui se présente comme indéfinissable, insaisissable.

Longtemps, Jacques Rougeron a relu ces phrases. Presque toute la soirée. Après dîner, il a recopié la définition tout entière dans son cahier à mots. Puis il s'est entraîné à dire *évanescent*.

— É- é- é- é- é- é- va- va- va- va- va-

Il a prononcé chaque lettre lèvres ouvertes, séparément, en groupe de deux, puis de trois, avant de les assembler en bouche et de les claquer en langue. Et Jacques a répété. Une fois, une autre fois, une fois encore. Il a répété jusqu'à ce que le mot soit une leçon apprise, un refrain de chanson, une rime de poésie, un nom commun, un outil de plâtrier. Il a répété jusqu'à pouvoir le dire. Et puis il l'a su. Alors il s'est couché. Et il s'est endormi.

Papa Rougeron tousse dans la salle de bains.

Papa Rougeron a disparu.

Jacques repose l'auge à gâcher dans la penderie bien nette. Il empile les seaux. Il redresse le gâchoir contre le fond. Il replace la caisse à outils. Il range soigneusement les souliers de son père. Il referme la porte sur les vêtements blancs. Maman Rougeron est retournée dans sa cuisine. Jacques entend l'eau qui coule dans son bol. Le cliquetis de ses couverts rangés dans l'égouttoir. Il entend le silence de la maison. Il retourne à sa chambre. Il s'enferme et s'assied sur son lit défait. Il reste là, comme ça, les mains posées l'une sur l'autre entre ses cuisses, à regarder son cartable contre un pied du bureau. Il se penche. Il l'ouvre. Il prend la feuille blanche qu'il a pliée en quatre dans son livre de géographie. C'est une lettre. Une lettre adressée à maman Rougeron. Une belle écriture penchée.

Madame,
a écrit monsieur Mandrieu.

Avant toute chose, merci de comprendre que cette lettre a un caractère strictement personnel. Elle n'est dictée ni par la direction de l'école, ni même par ma fonction. En rien, sachez-le, je ne veux non plus m'immiscer dans votre vie privée mais simplement aider Jacques, si vous le désirez.

Hier, votre fils m'a expliqué que son papa avait quitté le domicile familial. Cette nouvelle, au-delà de sa propre gravité, semble l'avoir profondément bouleversé.

Jacques a de grandes difficultés à s'exprimer, et si nous n'avons jamais évoqué le bégaiement qui le handicape, il reste que celui-ci affecte grandement sa vie scolaire, ses notes, son attitude en classe et son rapport aux autres. Je crois d'ailleurs me souvenir que c'est ce problème qui l'a obligé à redoubler son CM2.

Vous le savez, le bégaiement engendre une souffrance et une frustration d'autant plus grandes qu'il suscite souvent la moquerie, toujours l'incompréhension, et qu'il isole durablement celui qui est atteint de ce trouble.

Si, dans le passé, le bégaiement pouvait apparaître comme une fatalité, il est possible aujourd'hui (les travaux de Claudius Chervin l'ont notamment montré) de soulager le bègue, en cherchant les raisons de son handicap et en mettant au point avec lui une série de petits « trucs », de petites techniques qui, si elles ne guérissent pas le défaut d'élocution, permettent au bègue de mieux maîtriser sa parole. En tout cas, de prendre conscience qu'il lui est possible d'apprivoiser une partie de son langage grâce à une prise en charge et à l'orthophonie.

Depuis ce matin, très probablement en rapport avec le problème personnel qui vous touche, Jacques refuse de parler. C'est par écrit qu'il m'a dit ce qui était arrivé à votre ménage. Je voulais savoir s'il était familier de telles périodes de mutisme ou si cette aphasie était une évolution alarmante de son mal. Je voudrais savoir aussi s'il parle avec vous et ne réserve son silence qu'à l'école, ou s'il est tout aussi muré en votre compagnie.

Je sais que ces questions vont bien au-delà de ma charge. Je sais aussi qu'elles peuvent vous sembler trop personnelles et, par là, déplacées.

Je vous demande néanmoins de me contacter dès ce vendredi. Car vous ne pouvez pas, je ne peux pas, personne ne peut laisser Jacques dans un tel état de souffrance.

J'attends vite votre réponse.

Veuillez recevoir, madame, l'expression de mon respect.

Lyon le mercredi 2 décembre 1964

Louis Mandrieu, maître de CM2.

Jacques Rougeron relit la lettre. Au crayon, il souligne le mot *orthophonie* et le mot *aphasie*. Il les cherchera dans le dictionnaire et les notera dans son carnet à mots. Dans le couloir, il entend le froissé de sa mère. Le glissement de ses patins lorsqu'elle entre dans la salle à manger. Elle chantonne, bouche fermée. Un petit air de gorge et de nez, comme le papier qu'on colle aux lèvres en soufflant pour faire de la musique.

Il replie la feuille de papier. Il se faufile sous le lit. Il glisse la lettre entre deux lattes et le matelas. Sur le bois, il écrit :

« Lettre de Manu à maman, le 2 décembre 1964. Personne ne l'a lue. Je la cache ici. »

Jacques Rougeron met ses chaussettes, ses chaussures d'hiver avec la fermeture éclair au milieu. Il prend son manteau de laine grise posé sur sa chaise. Il ouvre la porte de sa chambre, traverse l'appartement jusqu'à l'entrée, sort dans le couloir, referme la porte lentement, tout plissé, bouche ouverte pour faire le moins de bruit.

— Alors ? dit Bonzi.

Bonzi était assis sur sa marche. Le dos contre sa porte à lui.

— Tu as donné la lettre de Manu à ta mère ?

Jacques hausse les épaules. Il ne joue pas. Il enjambe son ami et descend l'escalier.

— Non.

— Non ?

Bonzi, tout affolé. Il marche à sa suite en faisant des gestes de bras.

— Comment ça non ? Et demain ? Qu'est-ce qu'il va te dire Manu, demain, s'il n'a pas de réponse de ta mère ?

Jacques ne dit rien. Ils sortent. Il pleut du froid. Ils vont vers le bac à sable, enjambent la haie de tiges raides et marchent sur la terre gelée. Jacques ne répond pas. Il se laisse tomber sur le banc glacé. Il caresse la pierre humide en regardant l'hiver.

Jacques aime ce banc. Il y vient seul, ou avec Bonzi, ou avec tous les autres. Il s'assied sous l'arbre, le regard à hauteur des haies. L'été, elles sont si denses qu'aucune fenêtre ne le voit.

Il ne fait rien, sur le banc. Il fait des mots de tête. Il parle avec Bonzi. Chaque fois qu'il est assis, il caresse la pierre, une matière noire et grise en éclats de cailloux. Toujours, il touche les choses. Le bois d'une porte, l'abîmé d'un mur, le glacé d'une rampe. Il pose sa main, il ferme les yeux, il écoute. Des matins, des soirs en rentrant de l'école, il enjambe la haie et vient toucher le banc. Comme ça. Pour le froid de l'hiver, pour le brûlant d'été. Lorsqu'il pleut, il s'assied et attend que la pierre mouille ses cuisses. Avant, des lattes de bois peint recouvraient la pierre du banc. Elles ont été enlevées. Vandi a raconté que la bande du boulevard des Castors était venue exprès pour abîmer le banc. Ils étaient trois ou deux. Ils sont arrivés à pied, en pleine nuit, ils ont enjambé la haie et ont arraché les planches. Le lendemain, on a retrouvé le bois éparpillé.

Madame Fayolle et monsieur Le Goff ont dit que ce n'était certainement pas vrai. Que c'était des enfants de Gloriette qui avaient fait ça, Jacques, Bonzi, Roger Fayon et tous les autres. Monsieur Paccalier aussi, l'a dit. Il a dit que les enfants avaient arraché le bois pour que les gens plus âgés ne s'y assoient plus. Pour que personne ne vienne plus dans le bac à sable. Pour que les enfants soient seuls avec leur banc.

— Ccc… C'est ppp… ppas vrai ! a répondu Jacques.

Il a expliqué comme gros Vandi. Que c'était la bande des Castors. Qu'ils étaient cinq ou six. Qu'il y avait sûrement Brunet et les frères Monge. Que Lucien Fayon était peut-être avec eux. Qu'ils étaient venus en pleine nuit, en mobylette, exprès pour casser le banc. C'était l'année dernière, à l'hiver. Plus personne n'est jamais revenu s'asseoir sur le banc, sauf les enfants.

Jacques se relève. Bonzi se relève. Ils posent une main sur l'arbre et repartent vers la rue Commandant Charcot.

— Tu te rends compte ? Qu'est-ce qu'il va dire Manu, demain ?

Jacques ne répond pas. Il avance sous la pluie, il va vers la ville, il pense à demain. Il se dit que demain, c'est loin demain. C'est dans tellement longtemps. C'est après le matin, après l'après-midi, après le soir, après la nuit. C'est dans des millions d'heures, demain.

Alors il marche chacun de ses pas. Il respire à petits cris. Il garde tout son temps, il le retient, le protège fort serré dans son ventre. Il observe la rue comme jamais il ne l'avait fait. Il lit le trottoir. Il lit chaque arbre gris. Il lit les passants. Il lit les visages, les soucis, les regards, les rides, les mains dans les poches, la buée de froid autour des bouches. Il lit la rue. Chaque lampadaire, chaque rebord de fenêtre, chaque petit bonhomme pivotant qui retient les volets. Il lit le ciel, le noir, le terne, l'étouffant, le blanc, le lumineux de gel, les nuages du jeudi. Il lit. Il lit comme avec le doigt sur la page. Il lit comme s'il découvrait tout, comme s'il apprenait tout. Il lit chaque instant. Il s'imprègne lentement, pour arrêter le temps, pour ne plus avancer et pour en rester là. Il lit les noms sur les portes. Il lit les plaques de rue. Montée des Génovéfains, montée de Choulans.

Il lit chaque pavé bossu, chaque meurtrière percée dans le mur de grosses pierres.

Jacques Rougeron court. Il court vers Lyon. Montée Saint-Laurent. Pont Kitchener. La Saône. Le Lyon de la ville, avec les voitures, les trolleys, les affiches, les vitrines. Il lit les reliefs, il lit les couleurs. Il lit les affiches. Il lit les vitrines.

Il lit :

Pharmacie Perricaud,

Le Petit Bazar,

Maison Machenon,

Lurrier père et fils,

Cirage Lion noir

Les matelas George,

Droguerie Vitton.

Il lit les murs, les griffures anciennes, les traces d'encre dans la pierre. Il lit :

Groupe Élisée Reclus/Bakounine.

Il lit :

Amnistie !

Il lit les réclames. Il lit les enseignes. Il lit :

Chocolat Cémoi,

Maugein frères et fils — Les accordéons de France,

Olazur — Huile de moteur.

Il s'arrête. Il regarde une plaque émaillée, blanche et grise au-dessus d'une épicerie, avec Gnafron au centre. Il lit :

Le Cep vermeil — Le vin de table des connaisseurs.

Il regarde la marionnette peinte. Son chapeau haut de forme, son nez carmin, ses favoris, sa trogne rouge. L'ami de Guignol tient une bouteille entre ses bras de bois.

— Aujourd'hui, ce sera du *Grand Ordinaire*, disait papa Rougeron lorsqu'il posait un litre de Cep vermeil sur la table à manger. Il disait :

— Graaaand ordinaire !

comme monsieur Mandrieu dit :

— Mmaaaanuel.

Il prenait un ton de théâtre, levait le menton, présentait la bouteille couchée dans sa main large, son ongle blanc tapotant l'étiquette. Et les invités riaient. Parfois, c'était eux qui demandaient.

— Lucien, t'aurais pas le cousin du Grand Ordinaire pour ton petit frère ? disait Maxime en tendant la bouteille vide.

— Encore une autre ? C'est pas ordinaire, répondait toujours papa Rougeron.

Et puis les hommes riaient, et puis les femmes aussi. Et Jacques regardait les yeux fiévreux de son oncle. Des yeux de dimanche après table, vagues, ensommeillés, brillants, des yeux de ventre plein, de lundi à venir, du triste, du gai, un peu tout à la fois tandis que le soir rôde dans les bruits de vaisselle.

— Qu'est-ce qu'il va te dire Manu, demain ? demande Bonzi.

Rougeron regarde la réclame. Il regarde Gnafron. Il pense aux marionnettes, au musée de Guignol. Il pense à tout ce temps qui reste avant demain. Il continue le long du quai. Il entre dans Saint-Georges, il court dans Saint-Jean.

C'est un enfant qui court. Il court bouche ouverte en faisant des bruits de moteur emballé. Il court en écartant les bras, en secouant la tête, il court en lacets de plus en plus étroits. Il court les yeux fermés, puis ouverts, puis mi-clos. Il court droit devant lui. Il court sans regarder. Il traverse les rues en courant. Il court en sautant les rainures de trottoir. Il court en jetant sa tête en arrière. Il court en criant.

— Tu vas où ? dit Bonzi.

— Voir Guignol, court Rougeron.

Il court. Il court les bras le long. Il court comme s'il évitait des pierres posées au milieu du trottoir. Zig, zag, zig, zag. Comme s'il progressait sous les balles ennemies. Pan ! Pan ! Pan ! Pan !

— C'est de la folie monsieur le maréchal ! crie Bonzi.

— Que mes hommes me suivent ! répond Rougeron.

— Nous allons tous mourir ! dit Bonzi.

— Alors, mourons tous ! souffle Rougeron.

Il court. Il a les yeux grands fermés. Il s'arrête. Il est saisi par sa phrase en tête.

— Alors, mourons tous !

Les larmes viennent. Il sent leur humide, leur sel. Il sent le beau des mots, leur frisson sur sa nuque.

— Alors, mourons tous !

Une phrase de violon, de clairon crépuscule, de cloche assiégée, de citadelle prise. Une phrase de pluie dans les yeux.

— Alors, mourons tous !

Il repart. Il court. Il se redit ces mots. À lui. Rien qu'à lui. Il les promène en joues avec les lèvres ouvertes, les malmène en bouche. La phrase est courte, elle est belle, elle est simple à dire. Elle est colère. Elle a les poings fermés et le front haut. Jacques la regarde courir à ses côtés. Elle a les cheveux au vent. Elle lui sourit.

— Alors, mourons tous !

Il se dit que c'est une phrase d'école, une leçon à apprendre, un devoir, une pensée de fronton. Il dit que c'est le tocsin.

Les jambes lui manquent. Il s'arrête contre un arbre. Bonzi s'arrête aussi.

Jacques pose sa main sur l'écorce. Il cherche le cœur du bois, le froid du bois. Il cherche toutes les mains qui se sont posées là avant les siennes. Des gants de femmes, des doigts d'enfant, des grosses mains de plâtrier. Il a fermé les yeux. Il se sent qui palpite. Il reprend en son souffle.

— Alors, mourons tous !

Jacques ferme le poing. Il frappe l'écorce. Des petits coups cadencés. Il plisse les yeux, mord le dedans de ses joues, inspire tout l'air qu'il a. Il ouvre la bouche. Il ouvre les yeux. Il tourne la tête.

Ses hommes sont là, épuisés, en guenilles, les uns portés par les autres. Tous les chevaux sont morts. Il neige. Il va faire nuit.

— Nous allons tous mourir ! répond le général.

Bonzi conduit la petite troupe. Il a l'épaule en sang. Il a de la fièvre. Ses cheveux en épis sont collés sur son front. Son manteau de laine grise est déchiré. Il lui manque un bouton. Il n'a plus de fusil, plus de sabre, plus rien. Il est presque à genoux.

— Qu'est-ce qu'il va dire Manu, demain ? demande Bonzi.

Le maréchal de France regarde son général. Il regarde ses hommes un à un. Sicaut et son bras arraché, Vandemer et son pansement à la tête, Réveillon couché dans la neige avec ses cheveux roux, Boczov la bouche hachée. Pécous, mort. Sicly, mort. Courtois-Favre, mort. Menard, Reverchon, Musset, Drelin, Fischer morts avec. Ils sont les uns sur les autres et leurs morceaux autour. Il voit le grand Lucien Fayon couché sur le dos, les bras jetés, les yeux blancs et de l'herbe dans la bouche.

— Il pensait que manger de l'herbe le protégeait des balles, a rigolé Sicaut.

Et puis le voilà mort. Aux côtés de son frère, de Laurain, de Charnay, de gros Vandi, d'Ottaviani, de mademoiselle Peuvrier, la blouse ouverte sur son sein blanc.

Jacques ouvre la bouche.

— Alors, mourons tous !

Il doit le dire. Il doit dire cette phrase. Il peut le dire, parce qu'il court seul dans la ville. Parce qu'il est seul. Seul. Tout seul, avec seul Bonzi dans ses pas. Parce qu'il ne bégaie pas lorsqu'il est seul. Parce qu'il ne bégaie pas devant sa glace, dans l'obscurité, au creux de son lit, dans le silence et les yeux fermés. Il ne bégaie pas quand il récite, quand il chante, quand il joue, quand il prétend des mots. Il ne bégaie pas lorsqu'il parle étranger. Jamais il ne bégaie sans l'autre.

Il reprend sa course vers Saint-Jean. Il regarde tout autour. La rue, les voitures, les ombres de froid, le ciel qui attend. Il serre fort les yeux. Il court en aveugle. Juste une lumière mouillée entre ses cils, et des formes maussades. Il plaque sa langue contre ses dents du bas. Il fait le vide dans sa tête, dans son ventre, dans sa gorge. Chaque pas le frappe aux tempes. Il fait appeler la phrase. Sa phrase. *Alors mourons tous.* Les lettres arrivent. Elles traînent le pied. Elles s'apprêtent, elles prennent leur place en gorge, elles refusent.

— Aaaaaa… aaaa… aaallllllloooolololorrrs… gémit Jacques.

— Moumoumou… mourrrrr…

Il heurte le trottoir à deux pieds. Il jette un poing devant comme contre porte close.

— Mourrrrrons ! Mourons ! Mourons ! chantonne Jacques Rougeron en arrivant devant le musée.

La pluie coule en larmes.

— Qu'est-ce qu'il va dire Manu, demain ? demande encore Bonzi.

Jeudi 3 décembre 1964, fin de matinée

Dans sa vitrine, Guignol attendait Jacques. Toujours, il attend Jacques. Guignol est caché au creux de Saint-Jean, derrière les pavés mouillés et les égouts du milieu de rue, tout au bout du fond du musée de Gadagne.

Après les marionnettes indiennes, les belges, les italiennes, les anglaises, les tchèques, les japonaises, les ombres chinoises, les poupées à fils, à tiges, à tringles, les pantins de chiffon, les petits automates et les girouettes en bois, il y a Guignol.

Il est tout seul dans sa vitrine morne, dans une petite salle, contre un mur. Il est poussiéreux, il est mal éclairé. À côté de son fourreau noir, il y a un écriteau. Une vignette de papier racornie sur les bords, jaunie, ondulée de trop sec et de temps. L'inscription est tracée à la main. Une écriture de maître d'école.

Guignol provenant du Caveau des Célestins.
Marionnette à gaine.
Lyon, vers 1850.

En février dernier, Jacques Rougeron a recopié l'étiquette dans son cahier à mots. Il l'a aussi écrite sous une latte de son lit. Il trouvait que ces phrases formaient une assemblée magnifique, immense, suffocante, étourdissante, incroyable. Peut-être la plus belle phrase jamais forgée par l'homme. Tout de suite, il a compris qu'il venait de découvrir un trésor. Tout de suite, la première fois qu'il a vu Guignol dans sa vitrine, un jeudi comme aujourd'hui. Il l'a compris dans le silence, dans le musée désert, avec l'eau de pluie qui cognait aux vitres et ses pas de contrebande sur le parquet grinçant.

Aussi, c'était la première fois qu'il entendait un sol se plaindre. Chez lui, le sol est un bois blond, tout léger, tout mince, tout plat, avec des lattes régulières frottées par les patins. À l'école, c'est une matière qu'il ne connaît pas. Comme une nappe de table un peu molle, beige à taches noires avec des plis aux coins. Dans la rue, c'est le dur de la ville, un gris nappé de grains qui cogne le talon. Il y a aussi le sable, la terre, le gravier, l'herbe, la pierre de montagne, la moquette de chez madame Fayolle. Mais ici, au musée, le parterre est en arbre. Il dessine des losanges compliqués, il est sombre, il est lourd, épais, noble et grave, il brille sous les fenêtres comme un vieux corps huilé.

— Du chêne, a dit Charnay, le jour où la classe a visité le musée.

Il a dit *du chêne*. Et Jacques a regardé le parquet autrement. Bonzi s'est agenouillé. Il a fermé les yeux. Il a posé sa paume sur le bois. Un froid de tombe. Il a fait ça dans un angle de pièce, sans personne autour, juste avec Rougeron qui faisait pareil. Du chêne. Du bois de chêne.

Jacques trouvait que certains mots étaient plus grands que d'autres. Il était certain qu'au début de l'homme, l'homme avait choisi un mot pour chaque objet mais que ces mots existaient avant. Qu'ils étaient déjà quelque part, dissimulés, bien rangés, prêts à servir. Qu'il y avait une grande réserve à mots pour nommer les choses à venir. Que *chêne* existait avant l'arbre.

— Quel arbre immense ! dit un homme.

— C'est la première fois que nous voyons une telle chose, dit un autre.

— Comment pourrions nous l'appeler ? demande le premier.

— Il faut trouver un son solide, lourd, compact, qui mobilise les lèvres et la langue. Il ne faut pas quelque chose qui siffle, qui chuinte, qui ressemble à la soie. Il ne faut pas de miel, de bleu ou de rose. Il ne faut pas de délicat. Il faut du grave, de la terre, de la racine, du granit. Il faut qu'en le disant, le visage se lève. Le menton, le front et le regard. Il faut qu'il y ait comme une musique de guerre en gorge. Il faut trouver un autre mot pour bois.

— Cherchons dans l'auge à mots, proposa l'autre.

Et ils plongèrent leurs mains dans la bouillie de mots. Ils remuèrent des expressions inconnues, des termes sous silence, des définitions qui attendaient de servir. Les lettres coulaient entre leurs doigts. Ils les regardaient à contre-jour. Les tendaient à bout de bras. Les pliaient. Les assemblaient entre elles. Ils les goûtaient parfois. Vraiment. Ils les prenaient en bouche.

Ils essayèrent *torne, grante, prône, creule, frâle,*

deugne, margne, tantre, blêne, possandre, frosne, rêtre, trâle.

— Chêne ? dit alors le premier homme.

L'autre leva les yeux, le menton, le front. Il regarda le sommet presque noir au milieu des nuages. Il répéta :

— Chêne…

— Chêne, oui, dit encore l'autre.

Guignol provenant du Caveau des Célestins.
Marionnette à gaine.
Lyon, vers 1850.

Avant d'ouvrir son dictionnaire des synonymes, avant même de chercher dans les livres la lumière de ces mots, Jacques Rougeron savait que cette phrase ne le quitterait plus. Il l'a écrite sur une page de gauche de son carnet à mots. Jamais, il n'écrit sur la page de gauche.

— C'est réservé à moi pour quand tu seras mort, lui avait dit Bonzi. Je reprendrai ton carnet à l'envers. Il y aura tes mots, il y aura mes mots. On ne saura pas bien qui est vivant ou plus. Quand tout sera écrit, on croira toi et moi que nous ne faisions qu'un.

Guignol provenant du Caveau des Célestins.
Marionnette à gaine.
Lyon, vers 1850.

Il a écrit la phrase sur la page de gauche. Ensuite, mot après mot, il a cherché ce qui faisait de cette phrase la plus belle du monde.

D'abord, il y a *Guignol.*

Juste ça. Le nom. Sans prénom devant, sans titre, sans précaution, sans prétention, sans onctueux, sans monsieur, sans madame, sans tous ces mots pour rien. Sans ces sourires de table, ces baisers de famille, ces cris de fêtes foraines, ces mensonges, ces diplômes, ces certitudes, ces silences de bord de lit. Guignol. Juste Guignol. Guignol que personne ne sait.

— Mais qui est donc ce type, avec sa natte brune et son chapeau de cuir ? Que vient-il faire ici ? Pourquoi porte-t-il un nœud papillon rouge ? Pourquoi tient-il un bâton dans ses mains ? demande le grand frère Fayon, par exemple.

Tout le monde rit. On montre le grand frère Fayon du doigt. Il est humilié. Presque, il pleure. Maintenant il pleure. Voilà.

Et puis aussi, il y a *Guignol.*

Ce Guignol-ci. Celui dans la vitrine. Avec son manteau roux tout déchiré aux manches, son chapeau de cuir bouilli retenu par des clous, ce tout flou, ce tout écaillé, ce tout vieux, ce tout seul. Son visage part en lambeau. Son regard est mort. Un copeau de bois manquant empêche son sourire. Sur la vitre, Jacques a souvent laissé l'empreinte de son front. Un gras de temps qui passe. Le même que sur la fenêtre de sa chambre quand il est en hiver. Le même que sur la grande porte de l'entrée, quand l'ennui de Bonzi et le sien se confondent.

C'est en essayant de sauver Guignol que Jacques Rougeron est devenu bègue. Et bègue, il l'a trahi.

Jusque-là, il n'était pas bègue, il était juste mignon parce qu'il avait cinq ans.

— Je… Je… Je… disait Jacques.

— C'est mignon de parler comme ça, souriaient les dames.

Bègue, c'est venu plus tard, à six ans. Il se souvient aussi que c'était en avril, un temps de soleil blanc et de pull bien fermé. Il était au parc de la Tête-d'Or avec maman Rougeron et Bonzi. C'était en plein air, sous le vent, un petit théâtre de Guignol avec quelques bancs de bois. Jacques et Bonzi étaient assis devant, avec les enfants. Maman Rougeron était assise derrière, avec les mamans. Guignol riait. Il tournait sur lui-même en disant :

— Houlà, les gones ! Houlà je suis tout émeuvé ce tantôt ! J'ai les inquestins autant noués comme si j'avais été tocsiqué par un hareng ! Il faut voir que j'me calme !

Entre ses bras de bois, il tenait un bâton. Le bâton de Guignol. Après chaque phrase, il tapait fort le rebord de scène. Il cognait le bois comme s'il corrigeait des gens.

— Tiens ! Tiens Gendarme ! Ganache ! Fripouille ! Quèque t'en dit hein ? Canaille à galons ! Prend ça ! Et ça ! Et soye content que j'te mettasse pas le nez dans la garsouille du trétoir en prisme !

Guignol s'est arrêté soudain, bâton levé. Il a regardé les enfants.

— Tous les jours, Gendarme attrape mon ami Gnafron. Du matin jusqu'au soir, le rosse !

Pan ! Pan ! Pan ! Guignol tapait de toutes ses forces.

— Alors prends donc ça, animal !

Soudain, Guignol s'est figé. Il a regardé la coulisse et fait un bond en arrière. Il crie :

— V'là Gendarme, tête de bois ! Il ne veut plus me voir dans le quartier ! S'il me trouve ici, il me jette au cachot !

Il s'est penché vers le public.

— Vous voulez m'aider les gones ?

— Ouiiiiiiiiiiii !

— Je vais me cacher à la gauche, derrière le rideau mais si ce sapristi de Gendarme vous demande où que je soye, vous disez que je suis à la droite. D'accord ?

— Ouiiiiiiiiiiiii !

Jacques était bouche ouverte. Bonzi pareil et tous les enfants avec. Personne n'avait bien compris l'intrigue. Ni les phrases. Ni les mots. Mais le jeu de cache-cache leur était familier. Ils criaient à Guignol de se sauver. Ils l'ont vu s'échapper de justesse. À peine sa natte enfuie que le bicorne à cocarde entrait en scène.

Gendarme était essoufflé.

— Brigand ! Gredin ! Filou ! Scélérat ! Écumeur de vogues !

Il s'est retourné, il a vu les enfants.

— Des témoins ! Je veux des témoins ! Voulez-vous m'aidez ?
— Ouiiiiiiiiiii !
— Savez-vous où est parti Guignol ?

La petite foule s'est levée en hurlant, doigts tendus vers la droite.

— À droiiiiite ! À droiiiiite !

Jacques était debout. Main tendue comme les autres. Bouche ouverte comme les autres. Rouge aux joues comme les autres, avec le même cœur en battue. Mais aussi, il plissait des yeux, il tremblait des dents, il claquait des lèvres, il frappait sa cuisse de la main inutile.

— À dr… drr… drr… drooo… ! À drooo… !

Il hoquetait. Il suffoquait. L'air refusait.

— Drr… drooo… À drooo !

Il se balançait violemment, avant, arrière, avant, arrière, bave aux yeux, gueule ouverte.

— C'est pas un Rougeron, c'est un mérou ! avait dit le grand frère Fayon, un jour de mots cassés.

— Drroioioi… drooo… À drooo !

Il prenait son élan. Il jetait sa tête devant lui comme s'il heurtait un mur. Il criait plus haut, plus fort, plus aigu que les autres. Tellement, même, que les autres se sont tus. Et tout le monde a regardé Jacques Rougeron. Les enfants debout. Les mamans assises. Il avait baissé le doigt qui mentait à Gendarme, il avait enfermé ses pouces dans ses deux poings serrés, il frappait ses cuisses en cadence.

— Drr… drr… drr… drr… drrooooo… Aàààààa drooo !

Maman Rougeron s'était levée. Sous son bras, elle avait roulé le manteau gris de Jacques, son sac et le cabas du goûter.

— Jacques, calme-toi ! Jacques !

Sa voix était toute pâle. Elle ne grondait pas, ne rassurait pas, n'avait ni peur ni rien. Ce n'était pas la voix d'une mère penchée sur un lit de fièvre. Ce n'était pas une voix pour dire qu'elle était là. Ce n'était pas une voix de mère. C'était des mots aux autres pour montrer l'embarras.

Maman Rougeron remontait le gravier en s'excusant des yeux.

— Drooooooooooooo !

Jacques pleurait. Bonzi pleurait pour eux. Il frappait le sol du pied et regardait Gendarme. La marionnette était voûtée. Comme molle. Comme abandonnée à bout de main. On voyait les cheveux du manipulateur.

Maman Rougeron est arrivée derrière son fils. Elle lui a pris le bras. Il l'a regardée. Il a regardé Gendarme. Il a regardé les autres. Quelques enfants pleuraient. D'autres avaient peur. Ils avaient peur. Jacques avait peur. Il entendait quelqu'un qui grouillait dans sa gorge. Ce n'était pas sa voix, pas son cri. Il regardait le rideau rouge du théâtre. À droite, à gauche, à droite, à gauche. La main de sa mère le tirait fermement. Il a regardé à gauche. À gauche. À gauche. Il s'est tu. Il a cessé. Il y a eu un grand silence. Quelque chose de retombé. Quatre bancs de bois avec dix enfants debout. Quatre bancs de bois avec des mères assises. Maman Rougeron qui a pris les deux bras de son fils et Jacques Rougeron qui ne crie plus.

— À gauche, il a dit.

Haut, cristal, tranquille.

— Guignol est caché à gauche, il a redit.

Maman Rougeron était toute confuse, toute fatiguée, toute rougissante. Jacques a regardé le blanc de ses cheveux. À gauche. Il a pu le dire. Le *g*. Le *gueu*. Ce petit son par surprise. Juste un claquement de langue dans le fond du palais. Dire *droite, d, deu*, c'est autre chose. Il faut coincer la langue entre les deux mâchoires, serrer les dents. Il faut prendre l'air au fond, retenir sa respiration, tout bloquer et expulser la lettre en force. *Gueu*, c'est un bruit pour rien. C'est tout simple, tout doux, tout tendre. *Deu* c'est en acier, c'est mécanique, c'est compliqué. *Deu* c'est un ordre. *Gueu* c'est un soupir.

— Veuillez l'excuser, a dit maman Rougeron à tout le monde, mon fils est bègue.

Guignol provenant du Caveau des Célestins.
Marionnette à gaine.
Lyon, vers 1850.

Ensuite, il y a *Provenant*. Pas venant, provenant. Il avait cherché dans son dictionnaire des synonymes. Il avait lu que provenant, c'était sortir, émaner, résulter, descendre, procéder, dériver, dépendre et naître.

— Je proviens, pensait-il parfois.

— Jjjjeee pprrovvvvvviiiens, disait-il parfois.

Un jour, Boczov lui a reproché d'employer des mots trop compliqués.

— Pourquoi tu emploies tout le temps des mots compliqués ? lui avait dit Boczov.

— Tu parles de locutions complexes ? avait pensé Rougeron.

— Dddde Loccccuuu… tiiiiooon compppllll… avait dit Rougeron.

Boczov était resté à le regarder, bouche tordue, tout le long du long hachage des mots.

Guignol. Provenant.

Boczov, il vient *de*. Il vient de la rue Pauline Marie Jaricot. Il vient de chez sa mère. Il vient de passer ses vacances à La Baule-les-Pins. Il vient *de* Boczov. C'est rien du tout, *venir*. Tout le monde vient. Sicaut, Vandemer, Vandi, Sicly, Pécous, ils viennent. Tandis que Guignol lui, il provient.

Guignol provenant du Caveau des Célestins.
Marionnette à gaine.
Lyon, vers 1850.

Le Caveau des Célestins. Il ne savait pas ce que c'était. Il pensait à une tombe ancienne, à un endroit caché, à un petit coffret retrouvé par des archéologues. À une boîte avec Guignol dedans. Alors il a cherché dans le dictionnaire. *Célestins*, d'abord. Voilà. *Célestin I, Célestin II, Célestin III, Célestin IV*. Des papes, mais rien sur leur caveau.

Alors c'est à Manu que Jacques a demandé.

C'était quelques jours après la visite de la classe au musée de Gadagne, un début de semaine, juste avant la récréation. Jacques et Bonzi sont allés au bureau du maître alors que le maître ne les avait pas appelés. Tout le monde rangeait ses affaires. Portemanteau sonnait sa cloche. Sicaut avait fait tomber sa trousse ouverte sur le sol. Il y avait des crayons partout.

— Monsieur ? a dit le petit Bonzi.

Manu effaçait le tableau. Il s'est retourné.

— Oui, Rougeron ?

— Quand on est allés au musée de la marionnette, il y avait écrit que Guignol provenait du Caveau des Célestins. C'est quoi, le Caveau des Célestins ? a demandé Bonzi.

— Ccc'est qq... quuoi le Cacacavveau... ? a demandé Jacques.

Manu a eu l'air étonné. Il a levé les sourcils. Il regardait Jacques, et aussi la classe qui se vidait en bruissant de ses chaises. Il avait sa ride au front. Sa main dans le dos. Dans sa poche de blouse, il avait roulé le chiffon à craie.

Il s'est assis.

Jacques et Bonzi étaient devant son bureau. Lui derrière. Il les regardait en souriant, comme s'il pensait à autre chose. Il s'est levé. Il est allé à la fenêtre de l'arbre noir.

— Le Caveau des Célestins...

Il a dit ça comme on dit qu'il va pleuvoir. Il a quitté la vitre. Il est revenu à sa table en murmurant :

— Excellente idée.

Il avait l'air content. Il a ouvert son carnet, il a écrit quelque chose. Il a levé la tête et regardé Rougeron.

— Allez ! Ouste ! Va en récréation ! On reparlera de tout cela la semaine prochaine.

Le lundi suivant, Jacques Rougeron a cru mourir. Bonzi a mis la main devant sa bouche pour ne pas crier. Sur le tableau, en bleu, en grand, en immense, avec les belles lettres de Manu, il y avait écrit :

Le Caveau des Célestins sous Napoléon III.

Menard discutait avec Poignant. Réveillon sortait son cahier d'histoire. Bonval bâillait. Laurain, Courtois-Favre, Vandemer et Poignant étaient encore debout à enlever leurs écharpes.

— Preeeeeenez vos ?
— Maaaaaaaanuels d'histoire !

Manu a regardé Rougeron. Personne ne l'a remarqué. Seulement Rougeron, seulement Bonzi. Ils avaient le sang aux tempes.

Le Caveau des Célestins sous Napoléon III.

Jacques a écrit la phrase sur son cahier. Il tremblait. *Guignol, provenant, Caveau des Célestins.*

Un jeu de piste, une énigme, un meccano de mot à mot. Personne, personne ce jour-là n'a écouté Manu comme Jacques et comme Bonzi. Vandi regardait en l'air, ses mains sur son gros ventre.

Revol taillait et retaillait son crayon en soufflant les copeaux. Monsieur Manu parlait, ses lunettes à la main. C'est à Jacques, qu'il parlait. Quand Manu parle, il regarde le plafond, son bureau, le ciel par la fenêtre. Il regarde les cartes sur le mur, les vitres du couloir, le pan de sa blouse. Il regarde ses doigts. Il regarde une trousse, une écharpe au crochet, un cartable affaissé contre une table. Il regarde son livre, il regarde sa montre, il regarde derrière le mur du fond.

Ce jour-là, c'est Jacques, qu'il regardait.

Pas tout le temps. Pas longtemps. Mais toujours, toujours, chaque fois que ses yeux erraient dans la pièce, ils venaient se poser un instant sur son regard à lui.

Le *Caveau des Célestins*, c'était le *café du Caveau.*

— Premier grand théâtre de marionnettes permanent, ouvert quai des Célestins en 1826 par Laurent Mourguet, créateur de Guignol.

Manu parle. Il raconte le caveau. Jacques écrit. Il note chacun des mots. Il note chacune des dates. Il note la bière sur les tables, la fumée des pipes, le rire des hommes. Il note que les spectateurs étaient des ouvriers, des plâtriers, des artisans, des saisonniers, des canuts, des mariniers, des crocheteurs du pont d'Ainay, de simples gens, des illettrés, des pauvres. Manu dit que la police de Napoléon III se méfiait de cette assemblée tapageuse. Qu'elle y envoyait des mouchards. Que chaque coup de bâton de Guignol sur Gendarme était soigneusement rapporté à l'autorité impériale. Que chaque saynette était visée par la préfecture avant d'être jouée. Que chaque manuscrit était lu acte après acte, corrigé s'il le fallait, approuvé et signé puis tamponné de gras.

Guignol provenant du Caveau des Célestins.

Marionnette à gaine.

Lyon, vers 1850.

Jacques Rougeron avait eu le vertige. En une heure, en un rien, en un tout petit morceau de matin, il avait la réponse à trois de ses questions, brusquement.

Maintenant, il savait pour le *Caveau des Célestins.* Mais aussi, il savait pour *Lyon, vers 1850.* Il entendait le cri des bateleurs, les bruits de la rue, il sentait la bière, la pipe, il entendait le rire des hommes, il avait croisé des soyeux misérables, des comploteurs de taverne, des gens sans mots à dire. Il avait vu la police en manteaux raides rôder entre les tables du caveau. Il avait vu le sous-préfet tousser les brumes de Saône, par la fenêtre de son bureau d'hiver, en crissant de la plume, signant de son nom au bas du mot *RIDEAU*.

Il ne restait plus que *Marionnette à gaine.* Mais là, c'était facile. Un mot comme il les aime.

— L'hyperbolie collectivisme emphatique découlant simultanément de l'être à l'humus.

Un mot savant. Le mot de ceux qui savent. Sicaut avait dit *robe* et Vandi *tablier.* Personne, ne savait *gaine.* Jacques, maintenant, sait. Même, un jour, il avait glissé sa main dans la gaine toute fraîche d'une marionnette neuve. Une Madelon peinte en beau, avec une charlotte de dentelle sur ses cheveux noirs. Il avait senti le dedans de la gaine. Le rugueux du tissu sur la paume et le poignet, le bois en bout de doigt, les trous à commander la marionnette.

Guignol provenant du Caveau des Célestins.

Marionnette à gaine.

Lyon, vers 1850.

Voilà.

Il est midi. C'est le 3 décembre 1964. Papa Rougeron a disparu. Jacques Rougeron est devant sa vitrine. Il regarde Guignol. Son visage griffé, ses yeux charbon, son nez cabossé, ses mains tombées devant, ses lèvres de bois mâché. Tout à l'heure, il l'a revu tout neuf, tout luisant, tout frais du rire des hommes, quai des Célestins, à Lyon vers 1850. Il l'a vu cogner fort, rire haut, crier au milieu des fumées et des mousses. Il est midi dix. Jacques Rougeron repart. Il marche sur le chêne. Il fait craquer ses pas. Sur la vitre, contre la poussière, Bonzi a laissé du gras de nez et du gras de front.

Jeudi 3 décembre 1964, milieu d'après-midi

Qu'est-ce qu'il va dire Manu ? demande Bonzi.

Rougeron ne répond pas. Il marche. Il revient de Guignol. Il revient de Guignol comme on revient de guerre. Il est fier, et content, épuisé à la fois. Il rentre à la maison sans père. Il refait à rebours le chemin du matin.

Il pleut toujours.

Toujours aussi, Jacques lit les passants. Il lit les visages, les soucis, les regards, les rides, les mains dans les poches, la buée de froid autour des bouches. Il lit la rue. Il recommence tout ce temps à l'envers. Il marche. Il regarde l'horloge de la place de Trion. Seize heures trois. Il compte sur ses doigts. Encore quinze heures et cinquante-sept minutes avant de croiser le regard de Manu. Alors, il marche. Il marche. Il passe son temps. Rue des Macchabées, rue Trouvée, rue des Fossés de Trion. Il prend à gauche. Il tourne le dos à sa maison. Rue Benoist Mary. Il récite ces noms de gisants à voix haute, ce familier facile à force. Il passe devant le mur grisaille de l'école. Il s'arrête. Il regarde si on le regarde, il plaque sa paume de main. Il ferme les yeux. Il sent le froid de la pierre. Il sent l'humide, le désert, le triste de décembre. Il écoute le silence de son école morte. Il regarde la fenêtre du réfectoire. L'arbre noir. Le fronton. *« École municipale de garçons. »* Il regarde le lion qui le surplombe, qui tient entre ses griffes la date de 1885, qui rugit. Il a envie de pleurer. Pas de triste, juste pour dire le soir qui vient. Il retire sa main. Il a les yeux mouillés. Il prend la rue de la Favorite. Il a la tête baissée. Il regarde le trottoir, le bord de route, ses chaussures humides. Ses bottes d'officier. Tous ces corps gelés, ces chevaux morts, ces affûts de canon criblés par la mitraille, ces fumées qui montent de terre, ces râles, ce chien qui hurle, ce clairon au loin et le jour qui renonce.

Il repart en arrière. Il regarde les maisons, les boîtes aux lettres, les voitures garées. Il sait qu'il va mourir avec la nuit qui vient. Que plus rien ne sera jamais plus. Il arrive rue des Pommières. Il met la main sur la rampe givrée. Il est seul. Seuls ses pas et ceux de Bonzi. Il monte au gibet.

— Rougeron ?

Bonzi se retourne. Jacques continue.

— Hé ! Rougeron ?

Arno Fischer arrive en ballottant. Il habite juste à l'angle, la rue du Manteau jaune, à côté de chez Vandi. Tous les jeudis après-midi, il reste à sa fenêtre, assis à regarder le mur. Il a vu Rougeron monter la rue, s'arrêter, rebrousser chemin, faire des gestes de main, jouer du clairon avec son pouce en bouche, racler le mur avec un morceau de bois, crier quelque chose, lacer ses chaussures en parlant aux pavés.

— C'est Fischer, dit Bonzi.

Jacques Rougeron se retourne. Fischer s'arrête net. Il ouvre la bouche. Il ne dit rien. Son copain Rougeron a les yeux rouges, et de la terre sur les joues.

— Ça va ? demande Fischer.

— Ouuuu… Ouui, répond Rougeron.

Il se remet en marche. Fischer le suit. Fischer a du mal. Fischer cahote. Fischer est gros.

— Tu as des nouvelles de ton père ? demande Fischer.

— Son père a disparu, répond Bonzi.

— Si je te demande, c'est parce que maman m'a demandé, continue Fischer.

Rougeron s'arrête, le regarde.

— Tu l'aas dit à tatatta mmm… mmère ?

— Non, c'est Manu qui lui a dit.

— Mmamannu ?

— Elle avait rendez-vous avec lui hier soir.

— Taaaa mmèmère ?

— Oui, elle avait demandé à le voir à cause de mon trimestre.

— Et vous avez parlé de mon père ?

— Tout le monde parle de ton père.

— Tout le monde parle de mon père ?

— Tout le monde parle de ton père, dit Bonzi.

Jacques regarde Fischer. Gros Fischer. Gros Arno Fischer, qui habite à l'angle de la rue du Manteau jaune et de la rue des Pommières. Fischer, c'est-à-dire personne. Fischer, c'est-à-dire rien. Pas Louis Charnay qui sait tout, même pas Drelin Couturier qui est bizarre, pas Gérard Sicaut et son plâtre, pas André Revol qui a un berger allemand, pas Julien Menard qui louche, pas Claude-Henri Courtois-Favre qui a un grand frère clown, pas Richard Vandi qui connaît plein d'histoires, pas Mathieu Lhéris qui vient de Paris, pas José Ariès qui est né à Tunis, Fischer. Personne ne fait jamais attention à Fischer. Personne ne parle à Fischer. Personne ne joue avec Fischer. En sport, on donne toujours gros Fischer à l'équipe adverse. Fischer, c'est en moins. C'est tellement peu importe, Fischer, que c'est le seul nom que Rougeron ne bégaie pas.

Même Fischer parle de son père. Même la mère de Fischer parle de son père.

— Tout le monde parle de ton père disparu, dit Bonzi.

Jacques Rougeron est glacé. Il n'aurait pas dû dire ça. Il n'aurait pas dû mentir à Manu. Il aurait dû tout garder pour lui, pour Bonzi, pour Poignant, pour Ariès. Le garder pour le dessous du lit, le dedans de sa chambre, le dedans de sa bouche, le caché de sa langue. Le garder avec les mots couchés. Il aurait dû tout garder pour sa tête. Il aurait dû garder l'herbe à ne plus bégayer, le chat pendu, l'homme pendu, Marthe Théfault, le maréchal de France. Même Bonzi, il aurait dû garder Bonzi pour lui.

Jacques Rougeron se remet en marche. Gros Fischer ne le suit plus. Il a posé une main contre le mur, il respire mal.

— J'ai de l'asthme, a dit un jour Fischer.

C'était la première fois que Jacques entendait ce mot. Il l'a noté dans son carnet à mots. Il le trouvait incroyable. Comme quelque chose de pas français, avec le *s* puis le *t* et le *h* et le *m* qui se suivent.

Il avait eu le même choc en écrivant *bégaiement* et aussi *bégayeur*, et encore *bégayer*, les trois seuls mots qu'il ne sache pas écrire couramment. Sans l'avouer à Fischer, il a aimé le manque d'air dans l'asthme. Comme le manque de mot dans bégaiement. Un peu, il trouvait que l'asthme, c'était comme bégayer de l'air.

— T'as des nouvelles ? demande encore Fischer.

Rougeron ne répond pas. Bonzi ne répond pas. Ils se hâtent ensemble, même souffle, même pas, même main sur la rampe glacée.

— Rougeron ! crie encore Fischer, tu as de la terre sur les joues !

Jeudi 3 décembre 1964, 17 h 45

C'est le soir de jeudi. Vendredi, presque. Monsieur Le Goff fume la pipe, mains sur les hanches. Il a ouvert sa fenêtre pour dire qu'il n'a pas froid. Madame Fayolle rentre des commissions. Elle claudique. Elle traîne un sac à roulettes fabriqué par son mari. Gloriette est tout fanée d'hiver. Il n'y a plus de couleur. Dans le bac à sable, assis sur le banc de pierre, Vandemer et Fayon. Ils font des gestes de froid. Ils tapent la terre avec leurs pieds. Rougeron remonte l'allée centrale. Bonzi marche à ses côtés.

— Rougeron ! crie Fayon.

Jacques ne répond pas. Bonzi ne répond pas. Ils se pressent.

— Hé ! Rougeron !

Jacques court, Bonzi court. Ils courent sans un mot jusqu'à la porte vitrée de Mésange. Ils entrent, ils montent les marches, premier étage, deuxième, ils ralentissent le pas, ils s'arrêtent. Ils sont entre deux portes. Bonzi est adossé au mur, il respire vite. Il se penche, il regarde par la fenêtre du couloir, il voit petit Fayon retourné sur le banc, qui parle avec Vandemer. Rougeron est adossé au mur, il respire vite. Il se penche, il regarde par la fenêtre du couloir, il voit petit Fayon retourné sur le banc, qui parle avec Vandemer.

— C'est de ta faute, murmure Rougeron.

Bonzi le regarde. Il tremble comme lui.

— Quoi, ma faute ?

— J'aurais jamais dû dire que mon père avait disparu.

— Tu aurais dû dire quoi ?

— Je ne sais pas, autre chose. Ça, c'est trop grave.

— Tu voulais arrêter de parler.

— Oui, mais pas comme ça.

Bonzi hausse les épaules.

Ils reprennent leur marche lente dans les escaliers.

— Qu'est-ce qu'il va dire Manu ? demande Bonzi.

— Je ne sais pas.

— Et qu'est-ce que tu vas lui dire ?

— Je ne sais pas.

— Même la maman de Fischer en parle. Tout le monde en parle, dit Bonzi.

Ils se sont arrêtés. Bonzi est contre une porte, Jacques contre l'autre. Sur la porte de Bonzi, il y a un canard jaune collé. *« Monsieur et madame Radisson »*, dit la sonnette. Sur la porte de Jacques, il n'y a rien. Pas même le nom de mademoiselle Théret qui ne dit pas bonjour. Jacques monte encore trois marches. Il s'assied. Bonzi monte encore trois marches. Il s'assied. Ils sont côte à côte. Ils regardent le carrelage noir et blanc.

— Tu as qu'à dire qu'il est revenu, dit Bonzi.

— Comment ça, revenu ?

— Il est revenu. Tu dis qu'il est revenu. Que tout est pareil qu'avant.

— Et puis quoi ?

— Et puis rien. Comme ça tu l'as fait revenir.

— Je peux dire à tout le monde qu'il est revenu ?

— Oui, tu peux.

— Même à Manu ?

— Même à Manu. Demain, tu lui dis qu'il est revenu, que tout va bien et il ne convoque plus ta mère. C'est tout fini.

— C'est tout fini ?

— Tout fini.

— Je dis juste qu'il est revenu.

— Tu dis juste qu'il est revenu.

— Même s'il n'est jamais parti.

— Il est parti.

— Il est parti ? demande Jacques.

— Tu as dit à tout le monde qu'il était parti, répond Bonzi.

Jacques Rougeron se lève. Il passe sans un mot devant le troisième étage. *Monsieur Presnaut* à droite, *monsieur et madame Vallian* à gauche. Il monte lentement. Il marche sur la pointe des pieds. Ils commencent à déboutonner leurs manteaux gris. Ils ne se parlent pas. Bonzi rentre chez lui. Il fait un signe de main. Il se retourne. Il regarde Rougeron frapper à sa porte. Il entend les bruits de patins derrière. Un raclement de gorge.

— Ah ! Le voilà quand même ! dit papa Rougeron avant d'ouvrir.

Il ouvre.

— Ton père est revenu, murmure encore Bonzi avant de disparaître.

C'est ça.

C'est papa Rougeron qui est derrière la porte.

Jacques décide que son père est revenu. Que le drame est fini. Qu'il va falloir le dire à monsieur Mandrieu, à Fayon, à son grand frère, à Vandemer, à Poignant, à Bonval, à Braux, à gros Fischer, à Julien Menard, à grand Sicaut, à Drelin, à Réveillon, à Pécous, à Revol, à Vandi, à Boczov, à Laurain, à Sicly, à Courtois-Favre, à Charnay, à madame Lannoy, à monsieur Le Goff, à monsieur Tranchant, à Martine Giboulet, à mademoiselle Peuvrier, à Marthe Théfaut. Qu'il va falloir l'écrire sous son lit. Qu'il va falloir le crier par la fenêtre pour que tout ça s'arrête.

— Qu'est qu'il va dire demain, Manu ?

— Mais rien !

Il dira rien parce qu'il n'y a plus rien à dire. Papa Rougeron est revenu. On arrête de mourir. On arrête tout. Le plus grave de toute l'école, c'est le plâtre de Gérard Sicaut, qui a vraiment un bras cassé. On n'a plus peur de rien. On arrête de compter les heures. On ne craint plus le soir, ni la nuit, ni demain. Il n'y a plus de raison de rien. Jacques Rougeron rebègue et ce n'est pas grave. Papa Rougeron est là. Il ouvre la porte. Il est sur le vélo de Bahamontes. Il est habillé en astronaute. Il vient de rentrer du travail. Il dit :

— Ha ! Ha ! Mon fils, comment ça va ?

Papa Rougeron lui caresse deux fois le nez du bout du doigt. Jacques Rougeron saute sur ses patins rouges et bleus. Il glisse vers sa chambre en chantonnant. Une bonne odeur de plâtre frais lui vient de la cuisine.

Maman Rougeron danse avec son tablier. Elle a accroché plein de guirlandes colorées dans le couloir. Il ouvre sa porte à lui. Il la referme. Il s'assied sur son lit. Il se dit que tout va. Que tout est fini bien. Que l'ordre est revenu. Il se dit que tout va mal. Que rien n'est fini de rien. Que c'est un jeudi en désordre. Il a la tête qui tourne et le sang qui bat. De l'autre côté, la voix de son père. Papa Rougeron et sa voix d'habitude. Il y a aussi plainte de maman Rougeron. Elle chuchote des mots en inquiétude. Elle arrive. Elle toque à la porte. Elle ouvre. Elle montre la tête.

— Monsieur Mandrieu est passé cet après-midi.

Jacques la regarde, bouche ouverte.

— Pourquoi tu restes dans le noir ?

Elle entre dans la chambre.

— Tu m'entends, Jacques ?

Répond pas. Il pense au regard charbonneux du Guignol. Au parquet de chêne. À l'hyperbolie collectivisme. À la Mer des tempêtes. À ses hommes couchés dans le sang de neige. À Bonzi qui doit dormir. À l'arbre noir qui va être scié par des Sioux. À Anglade, à Altig, au chat pendu. À tous les chats pendus partout sans qu'on le sache. À tous les chats qu'on chasse. À l'Anglais qui vit rue Appian, et qui a inventé la machine à égorger les omelettes.

— Qu'est-ce qu'il y a ?

Répond pas. Regarde son vieux cheval de maréchal de France couché sur le flanc, avec la patte arrière qui bat dans le vide. Répond pas. Attend la suite. Le reste de tous les mots à venir.

— Qu'est-ce qu'il y a, Jacques ?

Jacques regarde la dame. Elle est entrée dans sa chambre. Elle est toute petite. Elle porte un tablier vert sur sa robe de laine. Elle est au milieu de la pièce. Elle allume la lampe. Il voit une petite dame en tablier vert au milieu de sa chambre. Une petite dame en tablier vert au milieu de sa chambre qui remonte sa mèche terne et la glisse derrière son oreille. Elle s'avance. Elle le regarde de plus près. Elle lui prend le bras droit et le secoue.

— Tu peux me répondre s'il te plaît, dit maman Rougeron.

— Quoi ? dit Jacques.

— Pourquoi tu restes assis comme ça dans le noir sans parler ?

— Pour rien. Comme ça.

— Tu étais où, tout l'après-midi ?

— Au musée.

— Encore ton Guignol ?

Elle ne le regarde plus. Elle n'attend pas de réponse. Elle lui tourne le dos. Elle s'affaire. Des affaires de mère. Elle ramasse un chandail tombé à terre, un livre ouvert sur une chaise, une écharpe passée derrière le lit. Jacques la regarde. Il entend le raclement de gorge de papa Rougeron dans la pièce à côté. Son père est revenu. Son père est dans la pièce à côté. Il entend un bruit de radio. Des volets qu'on ferme. Le sifflement de la cocotte-minute avec la soupe dedans. Il entend le normal. C'est un soir normal. Tout est normal.

— Qu'est-ce qu'il voulait, monsieur Mandrieu ? demande maman Rougeron.

Elle s'est retournée. Elle regarde Jacques.

— Je s… sss… ssais pppas.

— Tu sais pas ?

— Nnnnon.

Elle le regarde mieux. Il a de la terre sur la joue, et du lichen, comme s'il s'était frotté à un arbre. Elle sort un papier de son tablier vert. Elle le tend à son fils. Il regarde la main. Le billet fermé. Il regarde sa mère. Il regarde le papier. Il regarde sa mère.

— Eh bien, lis, dit-elle, il était dans la boîte aux lettres.

Jacques tend la main. Il déplie la petite feuille. Il la reconnaît. Ces carreaux violets, cette déchirure de spirales, cette écriture ronde.

Madame Rougeron,

écrit Manu

Devant l'urgence de la situation, et étant dans votre quartier cet après-midi, je me suis permis de passer vous voir. J'espère que vous me pardonnerez cette démarche, et attends de vos nouvelles au plus vite.

Louis Mandrieu
Maître de Jacques.

Jacques regarde la lettre. Chaque phrase trépigne. Chaque mot cogne au tambour. *Urgence ! Nouvelles ! Vite !* Il relit. Il n'ose pas lever les yeux. Il sent le regard de sa mère. Il voit ses pantoufles, ses veines bleues sur le dessus du pied, le bas de ses jambes. Il entend sa respiration sèche. Voilà. C'est ça. Ça y est. Le monde s'arrête ici. Il ne relèvera plus jamais la tête. Il va rester comme ça, assis sur son lit, une lettre ouverte à deux mains sur les genoux, son manteau gris sur le dos, avec ses chaussures de pluie et sa mère devant. Il va rester comme ça cette nuit, et demain, et la nuit d'après, tout l'hiver, au printemps, à l'été, l'année prochaine, toutes les années suivantes, lorsqu'il sera adulte, et puis vieux, et puis mort. Il ne va plus bouger jamais.

— Que dit le capitaine Fougerette ? demande le général Bonzi au maréchal de France.

Jacques Rougeron tient la lettre à deux mains, grande ouverte sur ses genoux de soldat. Cent fois, il l'a lue avant de relever la tête. Il la regarde encore. Elle est tachée de sang, brûlée aux bords, trouée par les éclats. La lettre a traversé les lignes. C'est le jeune Vandemer qui la transportait. Vandemer, Luc Vandemer, un gamin, un rien du tout, un écolier qui fait l'estafette de guerre. Luc Vandemer, un brave. Luc Vandemer a été grenadé. Il a été touché dans le dos, dans le cou, partout. Il protégeait la lettre entre uniforme et peau, sur son cœur terrifié. Il est venu ici, jusqu'ici, en courant d'abord, puis en marchant, puis à genoux, en rampant sur la fin. Il rampait dans la neige, de l'acier dans les chairs et sa lettre levée. Il rampait. Il laissait derrière lui une traînée de son sang.

Jacques Rougeron sent monter les larmes. Il laisse aller. Il aime l'eau de ses yeux.

— Que dit le capitaine Fougerette ? demande le général Bonzi.

— Que tout est foutu, répond le maréchal de France.

Ses hommes sont tombés dans un piège. La neige,

l'ennemi en surnombre, les vieux chevaux fourbus, la soif, la faim, les munitions partagées de paume en paume entre doigts gourds. Le silence de fin.

— Alors mourons tous ! souffle Jacques Rougeron.

Il est en grand uniforme. Il est adossé à une pierre, comme Roland à Roncevaux. Il est blessé. Il n'a pas mal. Il sourit. Il dit *mourons tous* et il sourit. Quelques hommes se rapprochent. Ils s'agenouillent. Ils le regardent. Ils pleurent aussi.

— Qu'est-ce que c'est que cette histoire d'urgence ? demande sa mère.

Jacques lève les yeux. Plus un seul mot en lèvre, en tête, en cœur, en ventre. Tous partis en courant, en hurlant comme des chiens. Bouche sèche. Plus de salive.

— Tu peux expliquer, Jacques ?

La voix de son père.

Sa mère, son père, debout devant la porte lui coupant la retraite. Son père disparu, évanoui, évaporé, échappé, éclipsé, volatilisé, égaré, mort peut-être, le voilà rentré, retourné, ramené, provenant, bien ici qui attend.

— Il est revenu ? demande Bonzi.

— Il est revenu.

— C'est quoi cette histoire d'urgence ? interroge papa Rougeron.

Jacques reconnaît cette voix. C'est la voix d'avant les coups. L'autre voix du plâtrier. L'autre voix du cosmonaute. Celle qui lui salit la bouche, qui le blêmit, qui fronce ses sourcils, qui contracte ses mâchoires, qui serre ses poings, qui étrangle tout.

— C'est quoi cette histoire, encore ? gronde papa Rougeron.

Il reste à distance. Il regarde son fils. Elle regarde son fils. Il est mauvais, elle est inquiète. Voilà. C'est sa famille. Papa, maman et lui. C'est la famille Rougeron, tous dans la petite chambre avec le papier peint. Il les regarde aussi. Papa, maman. Ils sont tout ce qu'il a. Il n'a personne en plus. Il a peur, tout vide. Il se sent seul pour trois.

Son père est revenu.

Et donc il faut qu'il parle. Il faut qu'il lui réponde. Il ne suffit pas de le regarder bouche morte. Maintenant, il faut dire pourquoi Manu, le maître, est venu chez les Rougeron un jeudi après-midi parce que c'était urgent. Il faut dire pourquoi la lettre n'est adressée qu'à madame Rougeron. Il faut dire qu'il y a une autre lettre. Qu'elle était cachée dans le livre de géographie et qu'elle est maintenant glissée sous une latte de sommier. Il faut montrer le sommier. Il faut montrer la cachette aux malheurs. Il faut expliquer chaque date, chaque mot, chaque histoire. Il faut expliquer que dès qu'ils seront sortis de la pièce, Jacques Rougeron se glissera sous son lit et écrira :

« Jeudi 3 décembre 1964. Il est 8 h du soir. Tout est découvert. Demain, je suis mort. »

— Jacques ? murmure maman Rougeron.

Il pleure. Il est assis sur son lit, en manteau gris, en chaussures d'hiver, il a la lettre entre les mains, posée sur ses genoux d'enfant, et il pleure.

— Tu as quelque chose à nous dire, Jacques ? demande encore maman Rougeron.

Il regarde la dame en tablier vert debout au milieu de sa chambre. Il regarde l'homme juste derrière elle. Il regarde le papier peint, une scène de chasse avec un cerf bleu. Il regarde sa petite chambre, son petit habitacle. Il regarde son étagère de bibliothèque, les trois livres, son dictionnaire des synonymes, le petit dauphin en porcelaine. Il regarde la lettre. Il regarde la dame, le monsieur.

— Jacques ?

C'est la voix du monsieur. Le même monsieur, et aussi pas le même. Elle est plus douce. Ce n'est plus le cri d'avant coups. C'est l'astronaute, c'est le plâtrier, c'est la voix harmonieuse qui lit les anneaux de Saturne et qui dit la berthelet à dents. C'est le monsieur papa. C'est papa Rougeron qui rit. Papa Rougeron qui caresse des yeux en lui touchant le nez. C'est papa Rougeron quand il fait beau dehors et quand maman Rougeron rit aussi. C'est le pur, pur, pur bonheur. C'est quand les mots de Jacques arrivent presque à frayer leur chemin. C'est quand il est fier de sa petite phrase. C'est quand tout repose. C'est un dimanche au bord du lac, avec des cannes à pêche en branche de frêne. C'est le temps des grillons. C'est quand il faut fermer très fort les yeux pour retenir la vie. C'est la paix dans les bouches, la paix dans les ventres. Ce sont les poings devenus mains tendues, c'est la ceinture retournée à ses passants, c'est le silence de consolation. C'est de temps en temps. C'est de moins en moins. C'est rare.

Papa Rougeron regarde son fils. Il se penche, il se

baisse devant lui. Il lui prend la lettre des mains, il la passe à maman Rougeron, il prend les mains de Jacques.

— Dis-nous ce qui se passe, Jacques. N'aie pas peur.

— Alors ? interroge Rougeron.

— Difficile, souffle Bonzi.

— Je dis quelque chose ?

— Difficile.

— Je dis quoi ?

— Sacrément difficile.

— Tu dirais quoi, toi ? demande Jacques.

Bonzi réfléchit. Il ferme les yeux. Il les ouvre. Il regarde la dame en tablier vert debout au milieu de sa chambre. Il regarde l'homme juste derrière elle. Il regarde le papier peint, une scène de chasse avec un cerf bleu. Il regarde sa petite chambre, son petit habitacle. Il regarde son étagère de bibliothèque, les trois livres, son dictionnaire des synonymes, le petit dauphin en porcelaine. Il regarde le bas de son manteau gris, il regarde ses chaussures de pluie. Il regarde la dame, le monsieur.

— Je dirais qu'il y a la peste à l'école, répond Bonzi.

— La peste ?

— Oui, la peste. Que Sicaut, Vandi et Reverchon sont déjà malades, que Revol est mort et que Manu prévient tous les parents les uns après les autres pour que les enfants ne reviennent plus en classe.

— Mais ce n'est pas possible, la peste.

— Pourquoi ce n'est pas possible, la peste ?

— Parce que ça n'existe plus.
— Qu'est-ce que tu en sais ?
— Tout le monde sait que c'est une maladie dans les livres mais pas une maladie de Lyon.
— Ça, c'est toi qui décides, répond Bonzi. C'est comme pour Revol qui est mort de la peste.
— Mais il est pas mort, Revol.
— Ça, c'est toi qui décides, répond encore Bonzi.

Jacques Rougeron sent les mains de son père sur les siennes. Sa maman s'est agenouillée à côté de papa Rougeron.

— Rrre… Rrevvvol est mmmorrt, dit Jacques Rougeron.

Les mots sont sortis tout seuls. Ils se sont regroupés à la pointe de la langue et ont attaqué tous ensemble. Revol est mort. C'est immense. C'est terrible. C'est foutu. Pour André Revol, papa Rougeron a disparu. Pour papa Rougeron, André Revol est mort. Jacques ne pleure plus. Nous sommes le jeudi 3 décembre 1964. Il est 20 h 05. Cette fois, tout est fini.

— Mort ? répète maman Rougeron.
— Qui ? demande papa Rougeron.
— André Revol, un copain qui est dans la classe de Jacques, dit maman Rougeron.
Les mains serrent un peu plus.
— C'est ça que ton maître veut nous dire ?

Jacques regarde son père. Tout son visage doute. Sa bouche, ses yeux, sa peau blanche.

— C'est une épidémie, dit Jacques.

— Une épidémie ?

— Si on retourne à l'école, on va tous mourir.

Les mains du père lâchent celles du fils. Il se relève. Il reste debout devant le lit. Dans le regard de maman Rougeron, la terreur.

— Qu'est-ce que tu racontes ? demande papa Rougeron.

La voix. L'autre voix. La ceinture, le poing, le sourd d'orage.

— C'est le berger allemand de Revol qui lui a passé la maladie.

Maman Rougeron a détourné les yeux.

— Sicaut et Vandi sont malades aussi. Même grand Fayon est malade. Et aussi mademoiselle Peuvrier qui est malade. Et aussi monsieur Tranchant le directeur.

— Et c'est ça que va nous dire monsieur Mandrieu, demain ? demande papa Rougeron.

— Oui, répond son fils.

— Tu en es sûr ?

— Oui, répond son fils.

— Tu n'es pas en train de te foutre de moi ?

— Non, répond son fils.

Maman Rougeron prend son mari par le bras.

— Viens, dit-elle.

Il se dégage.

— Il se fout de nous, dit encore papa Rougeron.

Jacques se dresse. Son manteau de laine est encore fermé, ses chaussures, il serre ses poings aussi. Il se lève. Il pleure, il pleure, il pleure, il a le visage chaviré de larmes. Il hurle.

— Je me fous de vous ? Je me fous de vous ? Mon meilleur ami est mort, mes copains sont malades et je me fous de vous ? Jamais vous ne me croyez, jamais ! Vous verrez demain, quand monsieur Mandrieu vous dira que Revol est mort, que tout le monde va mourir, que l'école va être fermée, vous verrez si je me fous de vous !

Il a dit ça d'une traite, d'un mot, il a tout bousculé, les consonnes, les voyelles, il a dit ça d'un souffle. Il s'en fout. Il est mort. Il est dans la neige. Il y a du sang partout. Jamais il ne sortira plus de cette chambre.

— Jjjjjj… jje mmmm… mmmm… mmme ffffous de vvvvous ?

— Calme-toi Jacques ! crie sa mère.

Son père le prend à deux mains, lui secoue les bras. Il regarde son spectre de fils, tout blanc, tout vide, le regard fou. Il le regarde en face, bien en face, il cherche ses yeux. Il attend que les cris cessent. Il l'aide à se rasseoir. Il le repose sur son lit, son petit lit de rien, plein de lattes que personne ne soupçonne. Il l'observe un instant. Il lui tourne le dos. Il sort. Il racle sa gorge dans le couloir. Il le laisse à sa mère.

— Alors ? demande Jacques Rougeron.

— Qu'est-ce qu'ils vont dire à Manu, demain ? répond Bonzi.

— Ça va aller ? murmure maman Rougeron.

Répond pas.

— Il est mort quand Revol ?

— Mardi.

— Tu savais qu'il était malade ?

— Oui.

— Tu ne nous l'as pas dit.

Il hausse les épaules. Il n'entend plus rien. Tout est devenu trop grand. La mère passe son dos de main sur la joue de son fils.

— Jambon pommes de terre ? demande-t-elle.

Il sourit. Un sourire faible, pâle, juste pour faire la paix. Elle se relève. Elle le regarde, inquiète.

— Tu sais que nous allons voir monsieur Mandrieu, demain ?

Il dit oui de la tête.

— Et il va nous dire que Revol est mort ?

Oui.

— Qu'il y a une épidémie ?

Oui.

— Tu es sûr ?

Oui.

Elle le regarde. Elle sourit. Quelque chose de vivant est revenu en elle.

— Je te crois, dit-elle.

Elle va à la porte. Elle s'arrête. Elle se retourne.

— C'est quoi, comme maladie ?

— La peste, répond Jacques.

Maman Rougeron regarde son fils. Elle met la main sur sa bouche. Elle panique. Ses yeux brillent de larmes soudaines.

— Mon Dieu, Jacques ! Mon Dieu ! dit-elle.

Elle secoue la tête. Elle est égarée. Elle pleure à son tour. Elle a peur. Il la regarde. Il pleure aussi. Il pleure d'elle. Elle referme la porte sur eux deux. Elle le protège du couloir. Elle reste là, devant la porte close. Son dos fragile, ses cheveux ternes, sa main posée sur la poignée.

— Jacques ! Mon Dieu, Jacques, tu mens ! elle répète.

Il voit sa mère. Sa maman. Maman Rougeron. Toute triste, toute seule, toute en larmes depuis que papa Rougeron a disparu. Elle essuie ses yeux. Elle revient vers lui. Elle lui prend le visage à deux mains. Elle le regarde comme jamais elle ne l'avait regardé. Elle attire la tête de son fils contre son épaule. Elle pose son front contre son front. Elle le tient comme un oiseau blessé. Une main contre sa nuque, l'autre ouverte dans son dos. Elle le tient comme s'il venait de naître. Elle approche ses lèvres de son oreille. Elle a les yeux fermés. Des larmes leur coulent de peau en peau.

— Tu vas nous tuer, dit-elle.

Elle le lâche. Elle lui tourne le dos. Elle se retourne encore. Elle le regarde une dernière fois.

— Qu'est-ce qu'il va dire monsieur Mandrieu, demain ?

— Qu'il y a la peste, répond Bonzi.

— Qu'il y a la peste, répond Jacques.

Maman Rougeron regarde son petit, son moineau, son cœur en sucre d'orge dans son manteau tout gris. Elle tourne la poignée. Elle sort. Elle referme la porte sur son fils.

Jeudi 3 décembre 1964, 20 h 45

Jamais ils n'ont mangé aussi tard. Du jambon, des pommes de terre, du facile et du bon. Quand papa Rougeron avait disparu, il y avait deux assiettes sur la table de la cuisine, deux couverts et deux verres. Il y a trois assiettes sur la table de la cuisine, trois couverts et trois verres puisque papa Rougeron n'a pas disparu. Jacques mange à petites dents. Il grignote du bout. Il n'ose lever les yeux sur les autres. Quand il coupe sa traînée de couenne, c'est sans heurter la faïence, sans crisser son couteau. Il mange sur la pointe de ses couverts, en silence et au ralenti. Maman Rougeron ne parle pas. Papa Rougeron ne parle pas non plus. C'est à peine si la maison respire.

— C'est quelle maladie ? demande papa Rougeron.

— Ils ne savent pas, répond très vite maman Rougeron.

— Je parle à Jacques.

Silence.

Jacques pousse un morceau de jambon du bout de son pain.

— Tu m'as entendu ? demande encore le père.

Jacques hoche que oui. Il se tait.

— Je te dis qu'ils ne savent pas le nom, répète maman Rougeron.

— Qui te l'a dit, à toi ?

— Jacques, elle répond.

Papa Rougeron fait la moue.

— Un mort, des blessés, une école qui ferme et rien dans le journal, dit-il.

Il regarde son fils. Sa tête basse et ses yeux. Rien. Silence. Juste l'eau qui passe d'un verre en bouche.

— N'importe comment, on sera fixés demain, reprend papa Rougeron.

Jacques hoche la tête. Il essaye un regard d'évidence. Il pense à *On*. *On*, c'est au moins deux. *On*, c'est maman Rougeron et papa Rougeron le disparu. C'est à deux qu'ils vont aller voir Manu. Tous les deux avec Manu. Il pense aux catastrophes. À la peste. Aux clochettes de lépreux. Aux bûchers. Il sent les yeux de sa mère qui fouillent ses cheveux. Lentement, il découpe une bande de jambon. Une parcelle minuscule qu'il glisse de la fourchette à sa main, puis de ses doigts à la serviette posée sur ses genoux. Il prend ensuite un morceau de pomme de terre, juste une bille tiède, farineuse de trop cuit. Il déchire aussi un morceau de pain avec la croûte et la mie. Comme chaque soir. Pour après. C'est son repas de plus tard, de tout seul. Celui qu'il fait au lit en se rêvant à d'autres.

— Et monsieur Mandrieu, il n'est pas malade monsieur Mandrieu ? demande papa Rougeron.

Jacques est saisi, son morceau de pain au bord de la table, juste avant de le faire tomber sur ses genoux.

— Hein ? Il n'est pas malade lui ?

Jacques regarde sa mère. Elle ne regarde rien. Elle se lève. Elle débarrasse lentement les trois assiettes, les couverts et les verres. Jacques regarde son père. Il le regarde aussi. Il a ses yeux méchants. Il se lève à son tour. Il traîne sa chaise sur le sol. Il quitte la cuisine sans un mot.

— J'espère qu'il ne sera pas mort d'ici demain, dit le père.

— J'espère aussi, bégaye le fils.

Maman Rougeron le regarde comme on claque.

— Tu devrais aller te coucher, elle murmure.

Jacques repousse sa chaise sans bruit. Dans le creux de sa main, il retient son repas de nuit. Il va vers maman Rougeron. Elle est penchée sur le lavabo. Elle lave les verres à petite eau.

— Bbbonsss… ssoir mmmamman.

— Bonsoir Jacques.

Il ne dit rien d'autre. Il n'a plus rien à dire.

Il traverse l'appartement muet. Il va dans sa chambre. Il s'assied sur le lit. Il éteint. Sous la porte fermée, il regarde le rai de lumière inquiète. Il écoute. Un raclement de gorge. Un murmure de mère. Une assiette posée sur une autre. Le réveil de leur chambre, que son père remonte en cliquetis ferraille. Leur porte qui se ferme. Le noir dans le couloir. L'obscurité partout. Il attend encore un peu. Il se dit que jeudi est mort. Cette fois, bien mort. Il se lève. Il va à la fenêtre. Il pose son front contre la vitre froide. Il regarde Gloriette. Les immeubles de nuit. Les réverbères orange. Le bac à sable. Son banc de pierre. Le chemin de demain. Il regarde son réveil. Il compte les heures sur ses doigts. Il lui reste encore dix heures trente à vivre. Il quitte la fenêtre. Il allume sa lampe de poche et se glisse sous le lit. Le voilà dans la poussière, couché sur le dos et le visage contre le pin. Il prend le petit crayon à papier coincé sous une latte, à côté de la lettre de Manu à maman Rougeron. Il cherche un endroit vierge sur le bois. Il écrit :

« Jeudi 3 décembre 1964. Il est 9 h 30 du soir. Tout est découvert. Demain, je suis mort. »

Il range le crayon. Il regarde son sommier une dernière fois. Il pose sa paume sur le bois. Il ferme les yeux. Il pleure. Il a peur de lui. Il sort de sous le lit, il se déshabille, il met son pyjama en tremblant. Il a froid. Il pleure toujours. Il se glisse dans ses draps. Il n'ose pas chercher le glacé dans les recoins. Il reste au milieu, tout raide, ses pieds l'un contre l'autre. Sur la couverture, il ramasse le copeau de jambon, la noix de pomme de terre et le pain.

— À table ! crie Bonzi.

Jacques arrive en riant. Il pose son sabre sous son banc, à même le sol et s'assied tout au bout. Il préfère. Comme ça, il peut entrer et sortir sans gêner personne et sans que cela se voie. Sicaut et Vandemer sont toujours côte à côte. Depuis qu'il a eu le bras arraché, Sicaut a appris à manger de la main gauche. Vandemer lui coupe son jambon, parfois. Le petit frère Fayon et Drelin arrivent de leur côté, avec le fusil qui traîne.

— Ça sent bon les patates ! lance Drelin.

— Et le jambon, dit Fayon.

— Un repas de soldats, rigole Menard le loucheux.

Fischer regarde Rougeron, il attend qu'il mange pour commencer à manger. Charnay, Sicly et Courtois-Favre aussi. Vandi attend, Pécous attend. Musset reste debout derrière, appuyé sur un affût de canon. C'est Jacques et Jacques seul qui donne le signal de l'hyperbolie collectivisme emphatique. Voilà. Le maréchal de France plonge la main dans son assiette. Les doigts. Pas de couverts en guerre, pas de couteau, de fourchette, de cuiller, tous ces machins qu'on oblige aux enfants. Il prend une pomme de terre grosse comme son poing et croque dedans en disant :

— Bon appétit, messieurs !

Les hommes rient. La neige a cessé. Ils profitent du bivouac pour ne penser à rien.

— Je vous ordonne de ne penser à rien ! a lancé Rougeron, verre levé.

— Et surtout pas à demain vendredi ! a ajouté Bonzi.

Tous ont levé leur gobelet. Même Laurain, qui ne boit jamais de Cep vermeil.

— Et surtout pas à demain vendredi ! ils ont crié ensemble.

Le petit morceau de pomme fond dans la bouche de Jacques. Il est froid, il est miettes, il colle au palais.

— Reprenez du jambon les gars ! dit Bonzi en tendant le plat cabossé.

Tous les hommes se servent en riant. Vandi chante. Poignant met les deux mains dans le gras.

Brusquement, tous se taisent.

Du fond du champ de bataille, Lucien Fayon arrive. Il a son air mauvais, un air de chien, avec les lèvres retroussées sur ses dents jaunes. Il a de la boue sur le visage. On lui a lié les mains dans le dos et arraché ses épaulettes. C'est Ariès et Toto Braux qui le soutiennent.

— Qu'est-ce qu'il a fait encore ? demande Jacques Rougeron.

— Il dit qu'il est avec nous, mais il n'est pas avec nous. C'est un traître. C'est un espion, on l'a surpris en train de faire des signaux à l'ennemi, répond Ariès.

Menard se lève, Courtois-Favre se lève, Sicly se lève. Braux pousse méchant Fayon à terre d'un coup de pied dans les reins.

— Ariès, menteur ! crie Fayon.

— Tais-toi ! dit Jacques Rougeron.

Menard prend son fusil. Il l'arme. Il avance vers Fayon en le mettant en joue.

— Non, Menard, dit le maréchal de France.

— Mais c'est un salaud ! crie Ariès.

— On le tuera après. D'abord, on mange, répond Bonzi.

— Moi aussi, j'ai faim, supplie Fayon.

— Tu as qu'à manger de l'herbe, répond Jacques en riant.

Ariès se met à rire aussi, et Courtois-Favre, et Sicly. Vandi prend une motte de boue et lui jette au visage.

— Ton goûter de traître ! crie Vandi en riant aux éclats.

Jacques grignote le filet de jambon. Juste un bout, un fragment minuscule pour accompagner la pomme de terre qui fond.

— Et servez-vous en pain ! dit encore Bonzi.

Juste un morceau de croûte, la taille d'un ongle de

pouce. Jacques le fait craquer en bouche, le réduit à salive, le mélange avec la pomme et le jambon. Jacques retrouve chaque goût du temps passé. Du temps d'avant. Du temps d'enfant. Du temps où il écrivait sous son lit au crayon de papier. Du temps où c'était la veille du vendredi 4 décembre 1964.

— Qu'est-ce qu'il va dire Manu, demain ? demande Bonzi.

— Que la peste a emporté la moitié de nos hommes ! répond Boczov.

— Ça, c'est parlé ! lance Charnay en levant son verre.

Jacques Rougeron ferme les yeux. Lentement, il mâche son repas de nuit. Il mange. Il mange un repas d'homme dans bien longtemps après. Il ouvre les yeux. Il regarde la nuit qui fuit par la fenêtre. Exprès, il n'a pas fermé ses volets. Il voudrait compter chaque battement du temps. Il s'est endormi. Il en est certain. Sur l'oreiller, autour de ses lèvres, un petit cercle de bave humide. Dans sa main, il sent un dernier morceau de pain. Il le porte à sa bouche. Il referme les yeux. Il repense à la peste. Il se dit que d'ici à demain, la peste peut frapper Lyon. Qu'elle a déjà cogné aux portes de la ville. Que ça ne surprendrait personne. Et qu'il aurait dit la vérité. Et que son père, sa mère, le serreraient dans leurs bras, tellement heureux qu'il ait survécu.

La porte de sa chambre s'ouvre à la volée. Papa Rougeron est là, livide, en habit de plâtrier. Il allume la lumière, il se précipite vers le lit. Il pose la main sur le front de son fils.

— Tu es vivant ! Dieu soit loué, tu es vivant !

Maman Rougeron vient derrière lui, et Manu, et mademoiselle Lannoy. Ils pleurent. Tous pleurent en le regardant.

— Comment ? Mais comment ai-je pu douter de toi ? sanglote papa Rougeron.

Jacques s'est redressé. Il voit le dos secoué de son père, tombé à genoux près de son lit. Il voit ses cheveux rares en désordre de nuit. Il hésite. Il lève la main. Il la pose sur sa tête. Il le caresse lentement en pleurant avec lui.

— Il n'y a plus que toi ! murmure Manu. Plus que toi !

— Tous les autres sont morts, geint mademoiselle Lannoy.

Jacques Rougeron se lève. Il laisse son père, le visage enfoui dans sa couverture. Il s'habille sans un mot. Tous le regardent. Monsieur Fayolle vient d'entrer dans la chambre, monsieur Le Goff, madame Radisson, mademoiselle Théret, les voisins du dessous, du dessus, des autres immeubles, ils se pressent dans l'escalier. Certains sont encore en pyjama.

— Que fais-tu, Jacques ? demande maman Rougeron.

— Je vais voir si on a besoin de moi, répond son fils.

Papa Rougeron relève la tête, les yeux charbonneux de Guignol.

— Mon fils, il murmure.

— Besoin ? Comment, besoin ? demande maman Rougeron.

— Je ne sais pas encore. Je ne peux pas rester ici sans rien faire. Si je ne suis pas mort, c'est que mon corps a résisté. Et je crois savoir pourquoi il a résisté.

— Pourquoi ? interroge la petite foule.

Jacques se baisse. Il plonge les doigts dans l'herbe qui pousse au pied de son lit. Il arrache une touffe de plante à fleurs bleues, il creuse son plancher d'argile, il déterre une racine, il la montre à tous.

— L'herbe, dit-il. C'est l'herbe qui me protège.

Il a dormi. C'est son petit ronflement de matin qui l'a fait sursauter. Il est en sueur. Il a les lèvres en crépon. Il entend une voiture qui peine à démarrer, juste au bas de l'immeuble. Il entend des pas sur le glacé. Il entend une voix de femme. Il entend un homme qui tousse. Il entend une radio lointaine. Il entend le froissé de sa mère qui passe dans le couloir. Il entend le vendredi. Le vendredi. Le vendredi. Il se dresse. Il écoute mieux. Le claquement des savates de papa Rougeron. Son raclement de gorge. Il se lève. Il va à la fenêtre. Un bus passe rue Commandant Charcot. Il y a des figures aux vitres. Un bus. Le matin. Des lumières jaunes sont accrochées aux fenêtres. Les cheminées fument. Une mobylette vient de traverser la cité. Il court vers son lit. Il se couche. Il fond sous les draps. Il se retourne au chaud, se met sur le ventre. Quelque chose de mou colle à sa joue. Un morceau de jambon. La porte s'ouvre. Maman Rougeron reste sur le seuil.

— Jacques ? C'est l'heure. Allez, dit-elle.

Puis elle quitte la pièce. Elle va à la cuisine. Elle fait chauffer le lait, avec la peau dessus.

Jacques s'habille lentement. Il met son slip blanc d'hier, des chaussettes bleues, son pantalon noir, un maillot de peau gris, sa chemise bleu nuit. Il cherche son pull. Il regarde sous la chaise. Il le trouve, le remet à l'endroit, le passe. Il remonte la fermeture de ses chaussures. Il prend son manteau de laine grise et son écharpe noire. Il ouvre son cartable. Il regarde son emploi du temps. Histoire de 8 à 9, puis français, puis calcul. Il range ses manuels, ses cahiers, sa trousse. Il ne pense à rien. Il écoute vendredi. Il voudrait revenir en arrière, retourner au Guignol en remontant son temps. Il voudrait revenir avant la peste, avant son père disparu, avant l'herbe. Il voudrait que la porte de sa chambre ne s'ouvre plus sur rien. Un mur de briques, un trou sur l'après-demain. Il voudrait qu'on le laisse là. Qu'on ne lui parle plus. Que tout le monde fasse comme si de rien. Il va mourir. Il sait qu'il va mourir. Il faut qu'il meure. Déjà, il ne va pas aller dans la cuisine. Il ne va pas boire de lait. Il va mettre son manteau, son écharpe et sortir de la maison pour retrouver Bonzi qui l'attend derrière la porte. Ensuite, il lui demandera conseil. Et Bonzi va l'aider. Et il va aller à l'école. Et il ne se passera rien. Et ses parents ont oublié qu'ils devaient venir. Et lui va dire à monsieur Mandrieu que son père est revenu et que sa mère le remercie beaucoup pour sa lettre, que c'était très gentil, qu'ils sont contents comme ça et que lui, ça ne le dérange pas trop de bégayer. Qu'il va faire un effort, qu'il va mieux travailler.

— C'est prêt, Jacques.

Jacques Rougeron ouvre la porte de sa chambre. Elle donne sur le couloir, avec la lanterne de lumière au plafond. La porte d'entrée est juste en face. Il y a le couloir derrière, les escaliers, Bonzi qui attend. Il fait six pas, il tourne à gauche, il entre dans la cuisine et va au lait.

Vendredi 4 décembre 1964, 7 h 35

Le petit Bonzi attendait Jacques. Il était assis dans les escaliers, à sa place. Il avait boutonné son manteau de laine grise jusqu'au col et relevé son écharpe noire. Jacques le regarde. Il passe. Il ne s'arrête pas. Bonzi se lève. Il court derrière en faisant claquer ses souliers de pluie. Il dévale, il se précipite, il rattrape son ami de frère, il l'agrippe et il l'interroge.

— Comment c'était hier ? Ton père ? Ta mère ? Ton repas de nuit ? Ils ont demandé quoi ? Tu as répondu quoi ? Est-ce que tu as écrit quelque chose sous ton lit ?

Et Jacques fait le distant, le malin, le qui pourrait parler mais qui ne parle pas. Il continue son chemin comme si c'était la route, il rit en lui, il prépare ses phrases d'orage, ses mots de morceaux confits. Il aime Bonzi dévalant. Ce bruit de course, cette respiration de presque lui qui vient juste derrière. Ces questions du matin, les mêmes, toujours. Et ses réponses, rue des Pommières, lorsqu'il s'arrête le dos au mur, qu'il laisse tomber son cartable de croûte brune, et qu'il raconte. Et que l'autre regarde, bouche ouverte, cœur ouvert, qu'il regarde l'armée des mots blessés jaillir de son copain de frère, de son ami de tout, de lui.

Mais rien ce matin, rien ne s'est passé comme ça.

Le petit Bonzi attendait Jacques. Il était assis dans les escaliers, à sa place. Il avait boutonné son manteau de laine grise jusqu'au col et relevé son écharpe noire. Jacques le regarde. Il passe. Il ne s'arrête pas. Bonzi se lève.

— Non ! Toi, tu restes là, dit Jacques.

— Le jour de la bataille ? demande Bonzi.

— Je dois mourir seul, lui dit le maréchal de France.

— Alors mourons tous ! C'est toi qui l'as dit ! répond le général.

Jacques Rougeron regarde son vieux camarade. Il s'accroupit, lui sourit, repose sur son épaule l'épaulette défaite et le lourd manteau de guerre tombé dans la neige.

— C'est à moi de mourir, et moi seul, dit Jacques Rougeron.

Alors Bonzi ne se lève pas. C'est vendredi. Il reste assis là, dans l'escalier de Mésange, tassé, fourbu de mauvaise nuit. Il reste adossé à la porte secrète, la porte cachée, la porte clandestine, la porte dérobée, la porte inventée, la porte que Jacques a dessinée avec le crayon à papier de son lit sur le mur du palier. Une porte très fine, pour que personne n'en voie le trait. Une porte de voisin, d'ami, de frère, une porte minuscule à hauteur de petit Bonzi, avec une poignée ronde dessinée au milieu.

— Tttt… tu ppouppourras entrrer et sss… ssosoortir

ppppar là sans que ppeperrsonne te vvv… vvoie, avait dit Jacques.

— Je pourrais entrer et sortir par là sans que personne me voie, avait dit Bonzi.

C'est vendredi. Seuls les pas de Jacques dans l'escalier tout gris. Seuls ses pas sur le givré d'hiver. Seuls ses pas rue Commandant Charcot, seuls ses pas rue des Pommières, seuls ses pas rue de la Favorite, seuls ses pas rue Benoist Mary. Seul Jacques. Jacques seul.

— Où sont les autres, monsieur le maréchal ?

— Je n'ai besoin de personne pour mourir, mon brave Sicaut, répond Jacques Rougeron.

Parce que c'est grand Sicaut qui s'approche le premier. Il vient de la rue des Fossés de Trion. Il a vu Jacques Rougeron qui arrivait, et il s'est avancé vers lui.

— Tu ne remarques rien, dit Sicaut.

Jacques regarde Sicaut. Il rit, Sicaut. Sicaut le grand, à joues creuses et à lunettes. Jacques regarde Sicaut. Son bonnet de laine bleue, ses culottes trop larges de l'hiver, son cartable à dos et il lui dit que non. Qu'il ne remarque rien. Juste un Sicaut qui rit au milieu du trottoir. Sicaut tend son bras droit.

— Et là ? Tu remarques toujours rien, là ?

Cinq longs doigts rouges au bout d'une main, qui frétillent comme tombés du bocal.

— Non, répond Bonzi.

Le maréchal de France se retourne vivement. Bonzi est là. Il est rentré. Il est revenu.

— Non, je ne vois rien, dit encore Bonzi.

Bonzi a couru très vite. Il a rejoint Jacques juste avant la bataille. Jacques et Bonzi. Rougeron et Bonzi. Jacques plus jamais seul, Jacques à deux. Jacques et Jacques réunis, qui regardent Sicaut agiter son grand bras.

— J'ai plus de plâtre ! dit Sicaut.

Ah ! Oui, bien sûr. Le plâtre de Sicaut. Le plâtre de papa Rougeron. La trace blanche qui reste en joue après la claque.

— Il est où ? demande Jacques en pensant ailleurs.

— Quoi ?

— Il est où ? répète Jacques en reprenant sa marche.

— On me l'a enlevé ! On a enlevé mon plâtre ! dit Sicaut derrière lui. Il souffle lourd. Ses chaussures crissent.

— C'est bien qu'on te l'ait enlevé, dit Jacques sans se retourner.

Il marche. Sicaut à sa traîne et le petit Bonzi avec. Ils approchent de l'école. Déjà, Jacques entend tout. Avant même de voir les visages, les cheveux, les doigts rouges et les habits d'hiver, il entend les mots. Des mots sans souci, sans intérêt, sans importance, des mots groupés en bandes, des phrases à rire, des voyelles, des consonnes, rien qui ne heurte rien. Les grands, les plus petits, les minuscules, tous les élèves avec leurs mots en bouche. Souvent, il les regarde. Il regarde leurs lèvres qui s'ouvrent et se ferment et construisent des phrases. Souvent il se demande comment ils font. Il se demande quel chemin a pris le mot. Il se demande pourquoi avec eux rien ne choque. Il regarde Pécous qui dit non, Bonval qui dit oui, Courtois-Favre qui raconte une histoire.

Il regarde madame Lannoy qui demande un pain russe à la boulangerie.

— Bonjour, un pain russe, s'il vous plaît.

— Et avec ceci ?

— Ce sera tout, merci.

Jacques Rougeron était dans la file d'attente. Il regardait les cheveux gris de madame Lannoy. Il était derrière elle. *Un pain russe.* Elle avait dit ça comme ça. Elle avait dit ça en pensant à autre chose. Quand elle a dit ça, elle cherchait ses pièces dans son porte-monnaie. Elle avait dit ça en comptant son argent. Elle faisait l'appoint, quand elle a dit ça. Elle a dit ça :

— Bonjour, un pain russe, s'il vous plaît.

Jacques était juste derrière. Presque à la toucher. Il avait les larmes aux yeux. Il était triste. Il était tout seul dans le grand magasin. Tout seul avec Bonzi entre madame Lannoy et une autre dame en gris.

— À Paris, on appelle ça un *pain aux raisins*, avait dit Mathieu Lhéris qui vient de Paris.

Pareil, Lhéris.

Il avait dit ça en riant. En toussant sa maladie. En

croquant dans son premier pain russe lyonnais. Il avait demandé un pain aux raisins à la boulangère de la rue des Macchabées. Elle l'avait regardé. Elle avait regardé Jacques. Elle avait dit qu'elle n'avait pas ça. Lhéris a tendu le doigt, il l'a posé contre la vitre sous le comptoir. Il a dit que c'était ça qu'il voulait.

— Ah ! Un pain russe, a ri la boulangère.

— Bonjour mon petit Jacques, a dit mademoiselle Lannoy en sortant du magasin. Elle avait son pain russe en main, serré dans un papier blanc tire-bouchonné aux angles. Elle rangeait son porte-monnaie.

— Bbbb… bbonjjj… a commencé Jacques.

Elle était déjà partie. La clochette de la porte. L'odeur tiède du pain. La dame en gris derrière. C'était à lui. À son tour. À ses mots. À sa phrase. Il était face au comptoir. Face à mademoiselle Valette. Elle le regardait. Elle regardait sa bouche ouverte. Elle regardait son poing frapper sa jambe. Elle regardait sa jambe taper le sol. Elle regardait tout le rouge qui lui montait partout.

— Bb… bbonjjj… bb…

Elle le regardait. Elle souriait. Sans bruit, elle lui dessinait des mots de lèvres humides.

Tous les dimanches, il s'entraînait. Le pain, c'était son travail du dimanche. Il marchait vers la boulangerie. Il disait dans sa tête. Il imaginait la lumière jaune, le comptoir, la clochette, l'odeur, la rousseur de mademoiselle Valette. Il s'imaginait arrivant en riant presque. Il fouillait dans sa poche, lalalalala. Il pensait à autre chose, lalalala. Il était loin d'ici, lalalala. Madame Lannoy venait de commander son pain russe, il la saluait gaiement et demandait une flûte pas trop cuite.

— Une flûte pas trop cuite, demandait gaiement Bonzi.

— Uuuuuuu... uuu... uuu... uuune fff... disait Jacques.

— Une flûte ? Comme d'habitude ? C'est ça petit cabri ?

Jacques Rougeron hochait la tête. Elle lui tendait le pain. Jamais, elle ne tendait le pain aux autres. Aux autres, elle le déposait sur le comptoir, à côté du coquillage à sous. À Jacques, elle le tendait. Et Jacques prenait le pain. Et il baissait les yeux.

— Mmm... mm... Merr...

— C'est moi qui te remercie, petit cabri.

Petit cabri. Elle l'a appelé comme ça lorsqu'il était enfant. Lorsqu'il venait avec maman Rougeron, au début. Qu'il montrait quelque chose dans la vitrine en faisant ses rots de bouche, qu'il sautillait, qu'il se pinçait la cuisse, qu'il était bouche immense et les yeux retournés. Un jour, il a cherché *cabri* dans le dictionnaire de maman Rougeron :

◇ 1.n.m. (mot provenç.) Petit de la chèvre. Biquet, chevreau. *Agile, leste. Faire des bonds, des sauts de cabri. Sauter, sautiller gaiement et vivement comme un cabri.*

Il a écrit le mot dans son carnet à mots. Il l'a écrit sous son lit. Il a aussi écrit le nom de mademoiselle Valette en l'entourant d'un cœur au crayon rouge.

Il marche vers l'école. Sicaut à sa traîne et tout Bonzi avec. Ils approchent. Quelques-uns se retournent. Gros Vandi leur fait un signe de main. Jacques ne répond pas. Derrière lui, Sicaut agite son bras droit en riant.

— Putain ! Sicaut a plus de plâtre ! crie gros Vandi.

— Sicaut ! Sicaut ! Sicaut ! scandent Laurain et Boczov.

La main de Sicaut fait l'araignée en l'air.

Pécous le boiteux est là aussi. Il fronce les sourcils. Il demande :

— T'as eu mal quand on te l'a enlevé ?

— Pas trop, lâche Sicaut en les fronçant pareil.

Pécous a eu le pied cassé à vie. Broyé dans une portière d'automobile. Il était à Royan avec ses parents. Il était assis dans la voiture. Il avait laissé sa jambe dehors. Il était pieds nus. Son père était pressé, en colère aussi, à cause d'une crêpe à la confiture de fraise tombée par terre à peine achetée.

— On ne va pas rester là cent sept ans, a dit le père.

La mère était montée à l'avant, le petit frère venait de s'installer à l'arrière. Le père a fermé brutalement le coffre. Et la portière arrière avec le pied dedans.

— Pas trop mal comment ? demande encore Pécous.

— Pas trop, redit Sicaut, avec un teint de spectre.

— P'tain ! dit Pécous.

Il boite à ses côtés. Il mendie un regard. Ils marchent en silence de mal. Jacques les observe, et Boczov, et Laurain, et Sicly qui vient d'arriver, et Bonzi. Ils les observent et ils se taisent. Eux seuls ont été cassés. Personne ne peut les comprendre.

— Tu as des nouvelles de ton père ? demande Richard Vandi.

Jacques Rougeron s'arrête brusque, la main de Vandi sur son épaule. Il était dans la foule des cartables et des dos, des coudes qui se poussent, des cris près des oreilles, des phrases sans y penser. Il regardait les cheveux roux de Réveillon, l'anorak jaune d'Adrien Couturier, les doigts du grand Sicaut qui faisaient canard tout au-dessus des têtes. Il regardait le lion de pierre sculpté sur le linteau au-dessus de la porte, un dernier coin de ciel. Des nuages froids, du gris-blanc d'avant-neige lorsque plus rien ne bouge. Il regardait la grande horloge ronde. L'aiguille noire remontée tout en haut à force d'à force de temps. Il se regardait marcher dans les couloirs avec la tête en chiffe, le ventre en boule, la gorge en sec, le cœur en tambour de retraite.

— Houlà, les gones ! Houlà je suis tout émeuvé ce tantôt ! J'ai les inquestins autant noués comme si j'avais été tocsiqué par un hareng ! Il faut voir que j'me calme, dit Guignol.

— Tu as des nouvelles de ton père ? demande Vandi.

Rougeron regarde Vandi. Son caban noir, son écharpe rouge. Il aime bien gros Vandi. Aussi gros que Fischer, lourd pareil et ses mains à bout de bras. Il aime bien les histoires de Vandi. Le chat pendu, la folle des Pommières. C'est lui, gros Vandi, qui avait parlé de l'herbe pour la première fois.

— J'ai lu que les Indiens, ils utilisent des herbes pour soigner toutes les maladies, avait dit gros Vandi.

Jacques était là, et Bonzi avec. Il y avait aussi Laurain, Courtois-Favre, Ariès et Martine Giboulet. Tout le monde posait des questions. Vandi répondait à tous. C'était place de Trion, au printemps, sur le banc du marronnier en fleur. Même Charnay qui sait tout ne disait rien.

— La grippe aussi ça se guérit ? avait demandé Martine.

— La grippe aussi, avait répondu Vandi.

— Et le paludisme ? avait interrogé Ariès qui est né à Tunis.

— Oui, ça aussi, avait répondu Vandi.

— Et les mm… mmaa… maladd… laddies qui ddonnent pp… pppas de fff… fffièvre ? avait demandé Jacques Rougeron.

— Et les maladies qui donnent pas de fièvre ? avait répété Bonzi.

Gros Vandi avait regardé Rougeron.

— Les maladies comme quoi ?

— Comme quand tu louches, par exemple ? avait demandé Bonzi.

— Comme Menard ?

— Oui, comme Menard ou n'importe qui. Ça peut guérir de loucher ?

— De loucher, de boiter, de bégayer, de tout.

Jacques Rougeron avait eu très froid. Loucher, boiter, bégayer. Gros Vandi avait dit ça comme ça. Sans vraiment penser à lui. Ce n'était pas méchant, pas gentil, rien. C'était juste pour dire que tout pouvait être guéri par les plantes.

— Comment on sait quelle herbe il faut ? avait demandé Bonzi.

— Il y a des magasins exprès, avec des bocaux et les noms des maladies écrits dessus.

— Et si t'as pas d'argent ?

— Alors il faut que tu cueilles toi-même.

— Où ça ? On cueille ça où ? avait interrogé Laurain.

Vandi a ouvert la bouche. Tout le monde attendait.

— Chez les Indiens, a alors dit Vandi.

Charnay a pris son air. Il a haussé les épaules, il a sautillé, il a fait *« youyou ! »* avec la main en clapet sur les lèvres. Il a ri. Il a quitté le banc de bois. Il a traversé la place de Trion, rattrapé par Laurain, Courtois-Favre et Martine Giboulet qui riaient aussi. Alors Vandi a attendu un peu. Il n'a rien dit. Il a baissé la tête. Il a joué avec le pli de peau que font le pouce et l'index. Il a relevé le front. Il a regardé tous les autres qui partaient en riant. Et puis il s'est penché vers Jacques Rougeron. Et aussi vers Bonzi. Il a froissé ses petits yeux ronds. Il a regardé à droite, à gauche, il a fouillé dans la poche de son caban noir, il a sorti une feuille blanche pliée dans un plastique transparent. Il a encore regardé Laurain et les autres, qui tournaient le coin rue de la Favorite. Il a ouvert le plastique, le papier, il a montré une petite touffe d'herbes.

— C'est quoi ? a demandé Bonzi.

— Un truc contre le rhume, a répondu gros Vandi.

— Ça marche ?

— J'avais un rhume ce matin, c'est passé.

Jacques a voulu toucher. Il a avancé l'index. Vandi l'a laissé faire. Il a regardé le doigt écarter la petite botte terreuse.

— Tu l'as trouvé où ?

— Ici.

— Ici ?

— Rue des Macchabées, à côté de la statue romaine.

— À côté ?

— Sur le socle.

— C'est pas un truc des Indiens ?

— J'ai dit ça pour qu'ils partent.

— Pour qu'ils partent ?

— Pour pas qu'ils entendent, parce que c'est secret.

Jacques a frémi. Bonzi a frémi. Un secret que pour eux. Quelque chose sans personne.

Richard Vandi a rangé les herbes, refermé le papier, serré le plastique transparent et tout enfoui dans sa poche. Et puis il est parti. Il est parti lentement. Assez lentement pour ne pas rattraper les autres, assez lentement pour que Jacques puisse le rattraper.

— Tu as des nouvelles de ton père ? demande Richard Vandi.

— Nnnon.

— Aucune ?

— Nnnon.

Il regarde Jacques Rougeron. Son manteau gris boutonné jusqu'au col, ses chaussures noires à fermeture éclair dessus, son écharpe pelucheuse, son cartable écaillé, sa main en poing qui tape sa cuisse.

— Ça doit être dur de plus avoir de père, dit gros Richard.

— Nnnon, répond le petit cabri.

Vendredi 4 décembre 1964, 8 h 03

— Andreu ?
— Présent.
— Ariès ?
— Présent.
— Boczov ?
— Présent.
— Bonval ?
— Présent.
— Braux ?
— Présent.
— Chabanne ?
— Présent.
— Charnay ?
— Présent.
— Courtois-Favre ?
— Présent.
— Couturier ?
— Présent.
— Dinh ?
— Présent
— Fayon ?
— Présent.
— Fischer ?
— Présent.

Manu est assis à sa table, derrière ses lunettes cassées, tout voûté sur son grand livre brun. Il appelle les élèves l'un après l'autre, sans relever la tête. La salle bruisse. C'est autorisé. C'est le dernier moment avant le silence. On peut enlever son manteau, secouer sa trousse, disposer ses crayons sur le bureau, faire un peu claquer les pupitres, traîner les semelles, se dire des choses, ouvrir la fenêtre, faire tomber un cahier, tousser, se racler la gorge, renifler, rire. Le silence se fait après l'appel.

— Laurain ?

— Présent.

— Lhéris ?

— Présent.

— Menard ?

— Présent

— Musset ?

— Présent.

— Ottaviani ?

— Présent.

— Pécous ?

— Présent.

Manu récite mécanique. Pas un nom plus haut que l'autre. Pas de chouchou, pas de préféré. Pas de regard par-dessus la page. Juste, il ouvre sa boîte d'ouvrier, il compte, il soupèse, il vérifie ses petits outils avant d'aller au travail.

— Berthelet à dents ?

— Présent.

— Riflard ?

— Présent
— Langue-de-chat ?
— Présent.
— Truelle à briqueter ?
— Présent.
— Sciotte ?
— Présent.

Poignant est bras tendu, debout au milieu de la rangée. Il rend à Dinh son double décimètre en bois. L'autre avance la main. Poignant recule brusquement la sienne. Il garde la règle. Il rit.

— Poignant ?

Dinh tend la main une nouvelle fois. Poignant ballotte le double décimètre au-dessus de sa tête.

— Poignant ! hurle Manu.

Silence brusque. La règle tombe sur le sol. Nicolas Poignant s'assied, il se tasse et croise les bras. Il est pâle.

— Poignant est-il présent ? interroge Manu en regardant Poignant.

— Oui, m'sieur, dit Poignant.

— Oui quoi ?

— Présent m'sieur.

— Juste *présent*, Poignant. Garde ton *monsieur* pour le cours.

Manu reste comme ça. Regard levé. Tête levée. Il fixe Jacques Rougeron. Il prononce son nom plus lentement que d'autres.

— Rougeron ?

— Présent.

Le maître baisse les yeux. Il reprend. Il retourne en monotone.

— Réveillon ?

— Présent.

— Reverchon ?

— Présent.

— Revol ?

— Présent.

— Sicaut ?

— Présent.

— Sicly ?

— Présent.

— Tardier ?

— Présent.

— Umblot ?

— Présent.

— Vandemer ?

— Présent.

— Vandi ?

— Présent.

— Bien. Prenez vos manuels d'histoire, dit monsieur Mandrieu.

Manuels. Juste le mot, sans jeu avec. On le voit qui se penche, qui fouille dans sa besace.

— Un bissac de praticien, avait dit Manu un jour de bonne humeur.

Il avait expliqué que son sac fauve n'avait pas été cousu pour les livres d'école, mais pour contenir un matériel de chirurgien.

Manu prend son livre d'histoire. Il l'ouvre. Il se lève.

Il essuie ses deux paumes sur le devant de sa blouse. Il prend une craie blanche et inscrit

Vendredi 4 décembre 1964

Le maître ne chantonne pas. Il a l'air triste.

— Manu a l'air triste, dit Pécous à Andreu.

Tout à l'heure, dans la cour, quand tous les élèves étaient rassemblés devant le grand escalier, quand Rougeron taquinait Menard en lui prenant la main, il s'est passé quelque chose d'extraordinaire : Manu a oublié de désigner l'ouvreur de marche.

Il a regardé sa petite troupe, leurs yeux du matin qui le cherchaient des yeux. Il a soulevé sa manche pressée, consulté sa montre et dit :

— Avancez.

Mais personne n'a bougé, personne. Gros Fischer a failli faire le premier pas, mais il a regardé les autres et s'est arrêté net.

— J'ai dit : avancez, a répété Manu.

— Vous ne désignez pas l'ouvreur de marche ? a demandé Tardier.

Manu l'a regardé. Il a observé le rang immobile, la cour, le silence autour de lui. Il a souri aussi. Il a regardé tous les petits regards étonnés et il a souri. C'est comme s'il revenait d'un voyage très loin. C'est comme s'il rentrait chez lui et qu'il avait oublié de mettre les patins.

— Eh bien alors ? Et les patins ? aurait dit maman Mandrieu.

Manu, tout gêné, ses grosses chaussures maculées de terre et d'herbe sur le parquet ciré du salon.

— Tu te souviens pas qu'on met des patins ? aurait demandé maman Mandrieu avec les sourcils froncés.

Manu a secoué la tête.

— L'ouvreur de marche, il a répété doucement.

Il a levé la main de celui qui s'excuse. Il a soupiré.

— Bon, allez, on fait l'ouvreur de marche.

Il s'est redressé, il a pris son inspiration.

— En ordre de marche et en silence de mort, a dit Manu d'une voix ferme.

Un murmure content a frissonné les dos. La classe a reformé le rang. Le bruit des galoches, les nez qui reniflent. Le silence d'avant marche.

En cours d'histoire, Manu avait expliqué le lycée impérial. Sous Napoléon Ier, chaque élève portait un uniforme, un chapeau bleu et rond, le nom de la ville gravé sur sa boucle de ceinture. Les maîtres étaient en habits noirs. Ils portaient le tricorne à corcarde. On y étudiait les belles lettres et la philosophie, l'arithmétique et la science, mais aussi le métier des armes. Les classes s'appelaient compagnies. Parmi les meilleurs élèves, le maître nommait un sergent et quatre caporaux.

— Ça vous ferait du bien de marcher au pas, avait dit Manu à la fin d'une leçon dissipée.

— Comme sous Napoléon ? avait demandé Charnay avec son air.

— Et pourquoi pas ? On pourrait au moins traverser

la cour en ordre pour que les autres prennent exemple sur nous, avait répondu Manu en essuyant son tableau.

Il avait dit ça comme ça, avec sa voix qui pense à autre chose. Et puis Charnay a levé la main, Laurain, Pécous, Chabanne et tous les autres.

— M'sieur ! M'sieur ! On l'fait m'sieur ! On l'fait ? On l'fait pour de vrai ?

Le lendemain matin, dans la cour, alors que les petites classes moutonnaient vers le grand escalier, Manu a pris sa grosse voix.

— En ordre de marche et en silence de mort, il a dit.

La file des écoliers s'est rangée deux par deux. Fayon à côté de Couturier, Laurain et Sicly ensemble, Jacques à portée de main de Julien le loucheux.

Puis monsieur Mandrieu a désigné son premier ouvreur de marche.

— Je nomme Ottaviani ouvreur de marche, a presque crié Manu.

Monsieur Tranchant était à la grille de l'école. Il a regardé la colonne par deux. Il a entendu la voix de Manu. Il avait l'air étonné et un peu content. Portal est passé devant le directeur. Il avait l'air content aussi. Ottaviani était content. Chabanne était content, Reverchon aussi, tout le monde. C'est en formation de lycée Napoléon que la classe a marché vers le grand escalier. Le lendemain, Manu a désigné un autre ouvreur de marche, et encore un le troisième jour, et la semaine suivante, et le mois d'après et tous les jours depuis.

Sauf ce matin, avant que Tardieu le lui rappelle.

— J'ai dit en silence ! reprend monsieur Mandrieu.

Tous les mentons se lèvent. Manu remonte la petite compagnie. Il s'arrête devant Laurent Bonval.

— Je nomme Bonval ouvreur de marche.

Bonval quitte sa place, il longe la file en raclant du pied et prend la tête de la troupe.

— Préparez-vous à avancer, dit Manu.

Le maître se place en fin de cortège. Il regarde les nuques, les dos, les souliers d'hiver. Il regarde l'écharpe rouge et blanche de son sous-officier. Il écoute ce silence opaque d'avant neige.

— On regagne la salle de classe.

Laurent Bonval se met en route en claquant des pieds. Toute la classe frappe le sol. La cour tremble. C'est l'armée de Manu qui s'en va à sa guerre.

— Il faut qu'on vous entende, avait dit Manu, jusqu'au ciel.

Bonval conduit le rang. Il traverse la cour à la tête de ses hommes. Il passe le porche et s'arrête.

— À pas de loup, murmure l'ouvreur de marche, main levée.

Puis il se remet en route sur la pointe des pieds. Derrière lui, tous les autres l'imitent. C'est la consigne. Le pas des hommes, c'est dans la cour. Dans les couloirs, Manu exige le feutre des souliers d'enfants.

— Même pendant la marche, Manu avait l'air triste, dit doucement Pécous.

Andreu le regarde, et Toto Braux, et Lhéris.

— Je le trouve pas triste, souffle Revol en taillant son crayon.

Jacques Rougeron ne dit rien. Il entend le murmure qui frissonne la classe.

— Tu trouves qu'il a l'air triste, toi ?

— Moi non et toi ?

— Non, non. Et toi ?

— Moi, un peu.

— Boczov ? Et toi, tu trouves ?

— Oui, il a l'air triste.

Jacques Rougeron est immobile. Tellement qu'on le croirait taillé dans une pièce de bois. Il a baissé la tête. Il écrit la date en haut à gauche de son cahier. Il ouvre son manuel d'histoire.

Il compte le temps. Il est 8 h 14. Ses parents ont dû quitter l'appartement à 8 heures. Papa Rougeron a mis une cravate, ses souliers marron et son chapeau de laine. Maman Rougeron, sa robe violette avec les boutons blancs. Ils ont dû prendre le petit déjeuner ensemble dans la cuisine, avec la radio allumée. Maman Rougeron a vu la peau du lait dans l'évier, parce que Jacques n'a pas fait couler l'eau. Elle est entrée dans sa chambre. Elle a regardé le lit défait, le tapis de paille tressée, la chaise, tous les habits dessus, sa vue de ciel et son coin de Perruche. Elle a regardé sa bibliothèque, son dictionnaire des synonymes, les Fourberies de Scapin, Michel et le secret du puits, le grand livre sur Matisse gagné à la vogue de Perrache, le petit dauphin bleu qui dit la pluie et le beau temps. Elle a regardé le papier peint. Elle a regardé sa trace de tête un peu grise au-dessus de l'oreiller. Elle a regardé ses patins retournés. Elle a regardé son silence.

Ensuite, ils ont descendu les escaliers. Il marchait devant, elle trottait derrière. Lui front barré, elle, toute pâle. Elle regardait son mari de dos. Ses grosses mains qui battaient l'air juste sous ses genoux. Il faisait encore sombre. Il a poussé la porte vitrée de l'entrée, elle l'a retenue juste à temps pour elle. Ils sont sortis dehors. Ils sont montés dans la Trianon. Elle n'a pas démarré tout de suite. Elle a crachoté le givre. Elle a fait sa fumée blanche. Il a passé les vitesses. Il y a eu un cahot. Maman Rougeron a lâché un petit cri. Il a haussé les épaules. Il a roulé. Ils sont passés devant Perruche, devant Ibis, ils ont longé Cygne et ont tourné à droite dans la rue Commandant Charcot. Maman Rougeron ne disait rien. Elle lissait l'écharpe verte posée sur ses genoux. Papa Rougeron regardait les éclats de glacé qui étoilaient le pare-brise. Ils sont passés devant la rue des Pommières, ils ont continué, ils ont tourné à gauche rue des Fossés de Trion. Ils ont cherché à se garer place de Trion. Ils ont trouvé une place. Ils sont descendus de voiture. Papa Rougeron a fermé les portières avec sa clef. Ils ont marché vers l'école. Il devait être 8 h 10. Ils sont arrivés à la grille ouverte. Maman Rougeron a dû montrer du doigt la classe de son fils. Papa Rougeron n'a pas écouté. Ils sont entrés dans la cour déserte. Maman Rougeron est passée la première. Elle a marché vers la loge de monsieur Portal. Elle est arrivée devant son guichet. Elle s'est inclinée légèrement pour voir à l'intérieur. Elle a frappé contre la vitre. Il était derrière le bureau. Il a levé la tête avec un air mauvais. Il croyait voir un enfant en retard. Il a vu une dame aux cheveux ternes. Il a presque souri. Il s'est penché. Il a fait coulisser sa petite fenêtre.

— Bonjour monsieur, a dit maman Rougeron.

— Bonjour madame, a dit Portemanteau.

Papa Rougeron est arrivé derrière elle. Monsieur Portal et lui avaient la même cravate rouge.

— Est-ce que je pourrais voir monsieur Mandrieu ? a demandé maman Rougeron.

— C'est pour quoi ? a demandé Portemanteau.

Elle a fouillé dans son sac. Elle n'a pas trouvé. Elle a pris son front inquiet. Elle a dit *zut !* Elle s'est retournée vers papa Rougeron.

— C'est toi qui as la lettre ?

— Tu le sais bien, a répondu son mari.

Il a cherché dans sa poche de veste. Il lui a tendu une page de carnet déchirée aux spirales. Elle l'a dépliée. Elle l'a tendue à monsieur Portal. Il l'a prise. Il a mis ses lunettes. Il a lu.

Madame Rougeron

Devant l'urgence de la situation, et étant dans votre quartier cet après-midi, je me suis permis de passer vous voir. J'espère que vous me pardonnerez cette démarche, et attends de vos nouvelles au plus vite.

Louis Mandrieu

Maître de Jacques.

Portemanteau a lu la lettre. Il a relevé la tête. Il a regardé la dame et le monsieur. Il avait ses yeux de quand la cloche ne sonne pas quand il appuie sur le bouton.

— Il faut voir monsieur le directeur, a dit Portal.

— Monsieur Tranchant ? a dit maman Rougeron presque effrayée.

— Oui, monsieur Tranchant, a répondu Portal en repoussant sa chaise.

— C'est pas qu'il a l'air triste, c'est qu'il est malade, dit Chabanne.

— Malade ?

— Regarde, il est tout blanc avec le nez rouge.

— Il a peut-être pleuré, murmure André Revol.

— T'es con, Manu pleure pas, répond Sicly.

— Il pleure, dit Bonzi.

— Il ne pleure pas, lui répond Rougeron.

Jacques Rougeron compte le temps. Il est 8 h 20. Manu parle de l'Amérique, encore de La Fayette. La dernière fois que Manu avait écrit au tableau :

Marie Joseph Paul Yves Roch Gilbert Motier,
marquis de La Fayette
(1757-1834)

Jacques avait vomi. Aujourd'hui, Jacques écrit, Jacques écoute. La voix de Manu fait ça :

— Maonnnadranonntouvanondebrouinnatrabuiidaon.

Tout bourdonne. Tout bombille. Jacques a mal à la tête. Il ne comprend plus un mot.

Il est 8 h 26. Jacques Rougeron compte le temps. Ses parents doivent être avec monsieur Tranchant. Papa Rougeron est assis dans le fauteuil et maman Rougeron sur la chaise. Monsieur Tranchant doit marcher. D'abord, il est resté à son bureau. Il a écouté maman Rougeron. Elle lui a tendu la lettre. Il l'a lue. Il s'est levé soucieux. Et maintenant il marche. Il marche lentement. Il a mis ses mains dans ses poches. Il écoute maman Rougeron en remuant la tête. Il va à la fenêtre, au mur, il revient, il retourne. Il est encore plus petit que d'habitude. Il a passé son gilet gris. Il a laissé sa cigarette s'éteindre sur le rebord de son bureau. Son pantalon fait des plis aux genoux. Il passe les deux mains dans ses cheveux. Papa Rougeron le regarde. Maman Rougeron le regarde. Plus elle parle, plus son pas ralentit.

— Je crois que nous avons un problème, leur dit monsieur Tranchant.

Jacques compte le temps. Il est 8 h 40. Manu parle.

— Vrabraondinoturiduilonranonatradouiraprnor.

Manu parle en leur tournant le dos. Il tapote une carte de l'Amérique avec sa baguette bleue. Jacques essaye d'entendre, d'écouter, de comprendre. Rien. Tout ce qui est dit est dit en étranger. Il regarde autour de lui. Sicaut qui fait la pompe à bras, Sicly qui se cure le nez, Menard qui essuie ses lunettes dans son pull, gros Vandi qui somnole, Ottaviani qui dessine une femme nue, toujours la même, celle qu'il a déjà dessinée dans le couloir de gymnastique, dans les cabinets, sur un mur de la rue de la Favorite, juste un ventre, deux gros seins et une touffe de poils en triangle serré. Il sent que la fin est proche. Il les regarde tous, encore. Charnay, Andreu, Ariès, Courtois-Favre. Il regarde leurs dos, leurs profils, leurs mains sur les pupitres, leurs habits, leurs souliers, leurs cheveux dépeignés. Il regarde tout ce simple, tout ce normal, tout ce vendredi. Il regarde la fenêtre. Il regarde les nuages en coton. Il regarde le sommet de son arbre. Il regarde les dessins collés sur les murs, il regarde ses mains, ses doigts, ses ongles noirs, il regarde ses chaussures en cuir bouilli, il regarde l'usé de ses manches, il regarde le crayon à papier taillé par sa mère, il regarde la petite veine qui bat sur son poignet, il regarde son bureau, les taches d'encre, les noms écrits, la fleur dessinée, la longue griffure, il regarde sa trousse verte, le plastique bleu qui recouvre son manuel d'histoire, il regarde l'empreinte d'un doigt de maman Rougeron sur le papier collant qui tient la couverture, il regarde la porte de la classe, il regarde les fenêtres qui donnent dans le couloir, il regarde la petite cicatrice blanche qui marque son index, il regarde le plafond, il regarde les trois lampes, il regarde le cabas de monsieur Mandrieu, il regarde Lhéris, il regarde l'horloge du couloir, il regarde les peluches sur son pull, il regarde le double décimètre de Dihn resté à terre, il regarde des morceaux de tout, il prend, il goûte, il cache tout dans sa serviette, il prépare son repas de nuit, il regarde le couloir, il regarde Lucien Fayon qui vient. Il regarde Lucien le méchant, *monsieur le surveillant* qui marche sous le néon, il regarde son visage, ses cheveux, ses épaules, il regarde le grand frère Fayon qui arrive à la porte, il entend le grand frère Fayon qui frappe.

— Entrez, dit Manu.

C'est net, distinct, limpide.

— Entrez, dit Manu.

C'est le moment.

— Entrez, dit Manu.

Tout le temps est passé. Tout le sable est tombé la tête en bas du sablier.

— Entrez, dit Manu.

Jacques regarde la porte qui s'ouvre. Tout le monde regarde la porte qui s'ouvre. Personne ne toque jamais à la porte de la classe. Sauf quand c'est grave, sauf quand c'est très très grave, sauf quand c'est la guerre.

— C'est la guerre ! dit Lucien Fayon.

— Rassemblez vos affaires ! Tous aux abris ! crie Manu.

— Rougeron est attendu chez monsieur Tranchant, dit Fayon.

— Rassemblez vos affaires ! Tous aux abris ! crie Bonzi.

Voilà. C'est voilà. C'est maintenant. C'est le voilà de maintenant que Jacques Rougeron redoutait depuis mille heures. Il lève la tête. Il écarte les yeux comme il a déjà vu faire quand on fait le surpris. Il se désigne du doigt. Il dit *moi ?* en restant lèvres closes.

— Tu as entendu Rougeron ? dit Manu.

Il hoche que oui. Il se lève. Il hésite.

— Jjjje pp… ppprends mmon man… manttteau ?

— Pour aller chez le directeur ? demande Manu.

Bonzi ne répond pas. Il regarde son manteau gris sur le clou. Il regarde son bureau, les pieds de sa table, son cartable vautré dessous, il regarde grand Fayon qui attend, il repousse sa chaise, il marche dans l'allée, il arrive à la porte, il regarde Manu.

— Allez, dit le maître.

Il passe la porte, il referme la porte, il est dans le couloir, il entend le bourdonnement des classes du matin. Il n'a rien à faire là. Il n'a pas à marcher derrière Lucien Fayon dans le couloir. Il devrait être assis à sa place avec le marquis de La Fayette, écrire des choses à l'encre bleue. Il devrait être au chaud, être au calme, être au milieu des autres, bavarder avec Bonzi, bâiller. Il devrait se demander ce qu'il y a pour déjeuner, entendre le rire des filles de l'autre côté du mur du préau. Il devrait entendre le murmure soudain de Laurain, de Boczov, de Vandi, de Menard, de Poignant. Il devrait voir Manu leur dire de se taire. Il devrait entendre Drelin dire :

— Mais, il neige, monsieur.

Il devrait tourner la tête vers la fenêtre grise, voir les flocons lumineux et murmurer à son tour. Il devrait voir le sourire tranquille de Manu. Il devrait l'entendre dire :

— Bon. Tout le monde aux fenêtres. Juste une minute !

Il devrait participer au brouhaha, quitter son bureau, racler sa chaise, bousculer Revol qui bouscule Bonval. Il devrait faire sa place parmi les autres fronts, poser son nez sur le froid de la vitre, crisser ses doigts sur le verre, ouvrir la bouche, se taire comme tous les autres, regarder les flocons légers, les regarder tomber, tourner, remonter dans le vent, revenir, tourbillonner. Il devrait penser à Noël.

Jacques Rougeron marche derrière Lucien Fayon. Ils

descendent les escaliers. Ils arrivent dans le hall. Grand Fayon ne dit rien. Pas un mot. Pas un regard non plus, comme si l'affaire était bien plus grande que lui. Il arrive devant la porte beige, il frappe.

— Entrez, dit monsieur Tranchant.

Vendredi 4 décembre 1964, 8 h 55

Papa Rougeron est assis dans le fauteuil, et maman Rougeron sur la chaise. Monsieur Tranchant s'est levé. Il est dos à la fenêtre. Il neige. Les flocons vont et viennent dans le gris.

— Merci Fayon. Allez aussi me chercher monsieur Mandrieu, dit le directeur.

Lucien Fayon regarde monsieur Tranchant, il regarde papa Rougeron, le dos de maman Rougeron. Il sort.

Jacques Rougeron est debout. La porte se referme doucement derrière lui. Il regarde ses chaussures de pluie. Il regarde le paquet ciré.

— Du chêne ? demande Bonzi.

Mais Jacques ne répond pas. Il regarde le bas des meubles. Le bas du bureau, le bas du fauteuil, le bas de la chaise. Il reconnaît les chaussures marron de papa Rougeron, celles qu'il range dans l'armoire à propre, dans un pochon de tissu écossais. Il voit l'écharpe de maman Rougeron répandue jusqu'à terre. Il voit les chaussures de monsieur Tranchant.

— Avant tout, je vous demande une fois encore de rester calme, dit monsieur Tranchant.

Jacques lève les yeux. C'est à papa Rougeron que le directeur s'adresse. Il regarde son père. Il le voit. Il le sent dans sa peau. Il connaît ce regard de mâchoires serrées. Il regarde sa mère. Elle est blanche de mort. Ses yeux ne voient plus rien.

La cloche sonne. Monsieur Portal a le pouce sur le bouton. Il est 9 heures.

On frappe à la porte.

— Entrez, dit monsieur Tranchant.

Manu passe la tête, le corps, referme derrière lui. Il jette à Jacques un regard soucieux. Il s'approche de maman Rougeron. Elle se lève. Il lui serre la main. Il voit papa Rougeron qui a disparu de sa maison, fronce les sourcils, marque un temps d'arrêt, marche vers lui et lui tend la main.

— Commençons par cela, dit le directeur.

D'un doigt, il pousse la lettre ouverte sur un coin de son bureau.

Manu s'approche. Il voit le papier à spirales, les carreaux violets, son écriture ronde. Il rougit. Il prend la lettre. Il la regarde, il ne la lit pas.

Madame Rougeron

Devant l'urgence de la situation, et étant dans votre quartier cet après-midi, je me suis permis de passer vous voir. J'espère que vous me pardonnerez cette démarche, et attends de vos nouvelles au plus vite.

Louis Mandrieu

Maître de Jacques.

— Vos explications ? lâche le directeur.

Manu est embarrassé. Il est debout sur la rive. Il regarde Jacques bouche ouverte qui fait des grands cris avec ses bras.

— J'attends, dit monsieur Tranchant.

— Il y a un problème de communication avec Jacques, commence Manu.

— De… ?

— De bégaiement.

— Et donc ?

— Ses notes s'en ressentent, il s'isole, il reste souvent seul dans la cour, il parle de moins en moins avec de moins en moins d'élèves et de plus en plus tout seul à haute voix, il n'ose presque plus prendre la parole en classe, même lorsqu'il connaît la réponse aux questions posées.

— Et donc ?

Manu fait un pas vers le centre de la pièce. Il s'était avancé jusqu'au bureau, il avait pris la lettre, il avait reculé avec elle jusqu'à toucher la porte. Il parlait dos au mur. Maintenant, il revient. Il replie la lettre, il la tend à maman Rougeron comme s'il lui redisait ce qu'il avait à dire. Avant de venir, il a ôté sa blouse et mis sa veste.

— Et donc ? redit monsieur Tranchant.

— Et donc, je voulais rencontrer les parents de Jacques. Je voulais leur dire qu'il existait des moyens d'améliorer sa diction et son comportement. Je voulais savoir s'ils avaient bien conscience de la gravité de la situation.

— Et vous avez pris sur vous de venir sonner à leur porte durant votre jour de congé ?

— Oui.

— Sans m'en référer, de votre propre initiative et hors de la structure de notre établissement ?

— Oui, c'est une démarche personnelle. Je m'en expliquais dans ma première lettre.

— Quelle première lettre ? demande le directeur.

— Quelle première lettre ? demande papa Rougeron.

Manu regarde Jacques. Il est couleur de crème. Les flocons du dehors sont entrés dans ses yeux. Il neige dans ses oreilles, dans ses cheveux, il tremble un peu.

— La lettre dans laquelle je parlais des avancées médicales en matière de bégaiement.

— Vous l'avez postée cette lettre ? demande monsieur Tranchant.

— Non, répond Manu, je l'ai…

Jacques étouffe un sanglot. Quelque chose de bref, d'animal, un hoquet d'air absent comme un chien qu'on écrase.

Manu regarde Bonzi. Il regarde ses mains closes. Il regarde le père glacé, la mère mourante. Il revient à l'enfant.

— Vous l'avez quoi ?

— Je n'ai pas posté cette lettre, répond Manu.

— Vous ne l'avez pas postée ?

— Non.

— Qu'est-ce que vous en avez fait ?

Jacques pleure.

— Je l'ai gardée pour moi, dit Manu.

— Pourquoi ?

— Parce qu'elle était trop complexe, elle entrait dans des détails que j'ai préféré expliquer face à face.

— Des détails ?

— Sur les travaux de Diatkine et les troubles de la parole.

— Et donc, vous avez unilatéralement décidé de ce rendez-vous avec monsieur et madame Rougeron.

— C'est cela.

— Sans en parler à personne.

— Non.

— Au risque de provoquer des malentendus.

— Des malentendus ?

— Des malentendus, répète monsieur Tranchant en se tournant vers Jacques.

Manu regarde maman Rougeron. Elle a sorti un mouchoir de sa manche et s'essuie les yeux.

— Alors Jacques Rougeron, racontez-nous. Qu'est-ce que c'est que cette histoire de peste ? lâche le directeur.

Il a dit ça tranquille, en allant à la fenêtre. Il est de dos. Il regarde le ciel, le préau, la cour, les flocons qui insistent.

Papa Rougeron a serré les poings. Maman Rougeron se mouche.

Jacques baisse la tête.

— Que je sois grièvement malade, que d'autres dans votre classe le soient aussi, passe encore. Mais la mort d'André Revol doit vous affecter Rougeron, non ? dit monsieur Tranchant.

Le directeur se retourne. Il regarde les occupants de son bureau. Louis Mandrieu, enseignant de CM2, a laissé tomber les bras. Jacques Rougeron suffoque sans un mot. Madame Rougeron n'est plus qu'un dos, une petite pelote de cheveux ternes. Monsieur Rougeron est à moitié levé. Tout à l'heure, avant que son fils n'arrive, le père a menacé de le corriger ici même.

— Alors ? Il est enterré quand Revol ? demande le directeur.

Silence.

— Vous vous êtes cotisés pour une gerbe de fleurs ?

Silence.

— Répond Jacques ! gronde papa Rougeron.

— Rougeron, je vous demande si vous vous êtes cotisés pour une couronne avec tes amis. Je vous demande si vous êtes allés présenter vos condoléances à la famille, continue monsieur Tranchant.

— Jacques ! dit papa Rougeron.

Il se lève.

— Restez assis monsieur, dit calmement Manu.

Papa Rougeron regarde le maître. Il s'assied.

— Jacques, c'est quoi cette histoire ? demande Manu.

Jacques pleure.

— Jacques, je te demande ce que c'est que cette histoire de peste, reprend Manu. Je peux savoir ?

— Jjjj… jjj… jj'aaai dddit qqqq… qquue…

Manu tend la main vers le bureau de monsieur Tranchant. Il prend un crayon noir, une feuille blanche posée sur le dessus d'une bannette en bois. Il les tend à Jacques. Jacques prend la feuille, le crayon, il pleure toujours. Il pleure sans faire de bruit, comme un blessé très grave.

— Aide-toi du bureau, conseille Manu.

Monsieur Tranchant fronce un sourcil. Il a l'air surpris. Il regarde le maître, l'élève. Il regarde Jacques Rougeron poser la feuille sur son coin de bureau, se pencher et écrire.

Jacques Rougeron tend le papier à Manu. Manu le lit. Le tend à monsieur Tranchant.

— Et donc ? interroge le directeur.

Jacques Rougeron regarde monsieur Tranchant. Il a la bouche ouverte. Il frappe sa cuisse de son poing clos.

— Une flûte, petit cabri ? demande la boulangère.

Jacques observe mademoiselle Valette, son sourire, ses lèvres qui lui soufflent l'humide des mots.

— Et donc ? demande le directeur.

Jacques va tomber. Il est courbé. Il est rouge. Il est sans air. Il a les yeux presque fermés. Il tape sa cuisse. Il tape sa cuisse. Il tape sa cuisse.

— Jjj… jj… jjje vvoulll… voullais ddd… ddididir…

— C'est de ma faute, lâche brusquement Manu.

Jacques se tait. Il voulait dire. Il ne peut pas. Il se tait, son vomi de mots plein les lèvres. Il regarde le maître. Il regarde sa voix grave, ses bras croisés, son calme.

— Comment ça, de votre faute ? interroge le directeur.

Manu se tourne vers Jacques. Pas vers monsieur Tranchant, pas vers papa Rougeron, pas vers maman Rougeron. Il se tourne vers Jacques, vers Bonzi seul.

— Jacques, chaque fois que nous faisons un cours et que je prends un exemple, je vous dis que c'est un exercice, une illustration. La Fayette ou la peste, c'est la même chose. Il n'a jamais été question de faire sortir nos leçons de ce cadre. Et encore moins de vous en servir pour faire peur à vos parents.

— On peut comprendre ? demande papa Rougeron.

Jacques regarde son père.

— Tu m'écoutes, Jacques ? continue Manu.

Bonzi revient à Manu.

— Quand nous étudions la bataille de Yorktown en classe, quand je demande à Sicaut de faire George Washington, à Dinh d'être Charles Cornwallis et à Vandemer de jouer La Fayette, ce n'est pas pour ça que Sicaut est américain, que Dinh est anglais et que Vandemer est marquis, d'accord ?

Jacques Rougeron ne répond pas.

— D'accord Jacques ?

Il hoche la tête.

— Dis-moi oui avec les mots.

— Ouuoui.

Manu le regarde. Il sourit.

— C'est un moyen de rendre la leçon plus vivante, reprend le maître. Quand je demande à Sicaut, à Dinh et à Vandemer d'imaginer un dialogue entre l'Anglais vaincu qui se rend aux deux vainqueurs, c'est plus drôle que de lire une page de manuel non ?

Silence de Jacques.

— Ce n'est pas plus intéressant de travailler comme ça, Jacques ?

Il hoche la tête.

— Avec des mots.

— Oui.

— Eh bien, c'est pareil avec la peste. Ce n'est pas parce qu'on la raconte différemment en classe qu'elle existe en dehors d'ici.

— Pourriez-vous vous expliquer, lâche le directeur.

Depuis quelques instants, monsieur Tranchant fait des bruits de bouche. Deux fois, il a passé la main dans ses cheveux. On dirait qu'il est devant sa glace. Qu'il regarde ailleurs. Qu'il s'ennuie un peu. Déjà, il sait que l'affaire Rougeron est terminée.

Le maître regarde maman Rougeron. Il lui sourit. Il hausse les épaules, comme désolé par leur venue.

— Vos explications ? s'impatiente monsieur Tranchant.

— J'ai illustré un cours sur la peste en prenant l'école pour exemple, dit Manu.

— L'école ? répète le directeur.

Il passe derrière son bureau. Il fait pivoter son fauteuil. Il s'assied. Il croise ses mains sur le bois. Il sourit presque.

— Vous avez pris notre groupe scolaire en exemple pour enseigner la peste ?

— Pas en tant qu'entité, explique Manu, en tant qu'échelle. C'est moi le responsable, pas Jacques.

Jacques regarde Manu. Jacques écoute Manu. *Entité, échelle, responsable*, des mots qui tourbillonnent en pluie. Il a l'impression qu'on vient d'ouvrir la fenêtre en grand, que le vent frais tourne autour à pleine neige. Le calme est retombé. Maman Rougeron a rangé son mouchoir. Papa Rougeron a ouvert sa main. Il l'a posée largement sur sa cuisse comme lorsque tout va mieux. Papa Rougeron regarde Manu. Maman Rougeron regarde Manu. Personne ne regarde plus Jacques. Il faut qu'il se concentre. Il a froid. Il a faim. Il devait mourir ce matin. Il se passe cette chose insolite, rare, singulière, unique, imprévue, anormale, curieuse, exceptionnelle, énorme, extraordinaire, impensable, inexplicable. Son père et sa mère sont dans le bureau de monsieur Tranchant. Manu est là aussi. Ils sont tous là, tous ensemble. Cela fait des heures que Jacques savait qu'ils allaient se rencontrer. Lui seul, savait. Des heures qu'il attendait le moment du grand Fayon qui toque à la porte de la classe. Des heures qu'il attendait la traversée du couloir. Le silence de ses pas. L'entrée dans le bureau. Son père dans le fauteuil et sa mère sur la chaise. Et voilà Manu qui parle. Il parle. Il dit n'importe quoi. Il raconte des cours qui n'ont jamais eu lieu. Des jeux qu'il n'a jamais organisés. Jamais personne n'a joué le rôle de La Fayette, de Washington, de Cornwallis, jamais. Jamais ils n'ont étudié comme ça la bataille de Yorktown. La Fayette n'a toujours été qu'un nom à la craie sur le tableau, une gravure dans le manuel et seize lignes à apprendre par cœur à la maison. Jamais Manu n'a parlé de la peste autrement qu'en lisant son manuel d'histoire. Jamais. Manu ment. Monsieur Mandrieu ment. Il est venu pour sauver Jacques. Manu et Jacques ne se quittent plus. Ils se tiennent par les yeux. Manu ne regarde pas Jacques, il le serre, il l'agrippe. Il a jeté ses deux mains par-dessus la fenêtre quand Bonzi allait sauter. Il le soulève, il le porte, il l'arrache à l'arbre et aux nuages. Il a jeté ses deux bras par-dessus bord. Il le tient hors de l'eau. Jacques se dit que Manu va le ramener à la rive, à la classe, à la maison, à Sicaut, à Vandemer, à Sicly, à Martine Giboulet, à Guignol et à tous les autres, il va le ramener à Gloriette, dans sa chambre, sous son lit avec le pain et le jambon. Il va le rendre tout intact. Il va tout recoller, tout cicatriser, tout arranger, tout redevenir comme avant.

Manu a mis une main dans la poche. Il semble jouer du temps. Il dodeline du regard.

— Et donc, la peste ? demande monsieur Tranchant.

— J'ai pris notre école comme une ville de France. C'était une image. J'ai calculé le nombre d'élèves et d'enseignants puis j'ai laissé la peste frapper.

— Frapper ?

— J'ai utilisé la statistique si vous préférez. J'ai rapporté à notre petite population les dégâts que la peste a pu faire dans une ville comme Marseille en 1720, par exemple.

— Et vous avez tué Revol, enchaîne le directeur.

— Pardon ? demande Manu.

— Revol. Vous l'avez tué, Revol.

Manu regarde Jacques. Des yeux, il l'interroge. Jacques a la tête dans le sable, avec les fourmis rouges du Kalahari qui courent sur ses joues.

— Tu vas mourir Rougeron, crie Charles Cornwallis.

— Alors mourons tous ! répond le général Bonzi.

— Je... Je n'ai pas tué Revol, reprend Manu. Si le nom de Revol a été prononcé, c'était juste pour illustrer une proportion de victimes en tout début d'épidémie.

— Revol a apprécié ?

— C'était un jeu collectif, répond Manu. Comme quand on dit : t'es mort ! à la récréation.

— Ce sont les enfants qui disent t'es mort. Et ils le

font entre eux. Les adultes ne disent pas ça, reprend pensivement le directeur.

Il regarde ses mains. Il joue avec une petite tête d'éléphant en bois confisquée à un élève.

— Et donc moi, je suis très malade, dit-il encore.

— Pardon ? murmure Manu.

Monsieur Tranchant relève la tête. Il fixe l'enseignant.

— Presque mourant.

— Vous, monsieur le directeur ?

— Oui, moi, moi là, dans votre jeu, je suis très malade de votre peste.

Manu croise les mains dans son dos. Il ne regarde plus Jacques.

— Je ne me souviens pas de vous avoir cité, dit-il.

— Si, si. Dans votre drôle de cours, il y avait un certain nombre de morts et de mourants, dont moi.

— Je ne me souviens vraiment pas, dit Manu. Ce sont peut-être les élèves qui…

— Monsieur et madame Rougeron se souviennent parfaitement, coupe le directeur.

Il se tourne vers maman Rougeron.

— Que vous a dit votre fils ?

— Que le petit Revol était mort et que vous étiez…

— Rien du tout ! Que vous n'étiez rien du tout, intervient papa Rougeron.

Le directeur sourit. Il pense au loup protégeant sa meute.

— Il n'a cité qu'un seul nom : Revol. Le reste, on ne se souvient pas, dit le père.

Papa Rougeron se lève presque. Il n'aime pas être

assis à rien. Depuis plusieurs minutes, il regarde parler un directeur d'école et un professeur. Il regarde son fils debout, qui ne pleure plus. Il regarde sa femme, qui ne pleure plus. Il regarde la fenêtre, qui ne neige plus. Il a envie de s'en aller.

— L'affaire est close alors ? demande mollement monsieur Tranchant.

Manu veut dire oui. Il fait une moue de bouche. Il regarde Jacques. Il regarde ses parents. Il ne répond pas. Puis il s'éclaire. Il claque deux doigts.

— Mais oui, vous avez raison ! dit-il au directeur.

— Pardon ?

— L'idée était que même les puissants pouvaient être touchés par le mal, répond Manu.

— J'étais donc bien mourant ?

— Si j'ai cité votre nom, c'était pour bien montrer qu'à l'époque, la peste frappait sans distinction.

— Indifféremment ? dit monsieur Tranchant.

— Indistinctement, répond Manu.

Le silence se fait. Un silence de justice, celui d'avant la décision des jurés. Monsieur Tranchant repousse son fauteuil. Il met ses mains à plat sur la table et se lève.

— Nous en avons fini ? dit-il.

Manu se tait.

Le directeur regarde maman Rougeron, papa Rougeron, Jacques Rougeron. Deux statues et un spectre.

— Nous en avons fini monsieur Mandrieu ?

— Oui, en ce qui me concerne, dit prudemment Manu.

— Non, pas en ce qui vous concerne. Nous parlerons tout de suite après de vos méthodes. Je parlais de l'affaire Jacques Rougeron, répond le directeur.

Manu marque un temps. Il est blême. Il regarde le petit bonhomme. Il regarde ses souliers d'hiver, son pantalon trop court, ses mains dans son dos, ses cheveux en épis malheureux. Il regarde son père taillé de plâtre blanc, sa mère en femme défaite. Il hoche la tête. Il dit que oui. Que l'histoire s'arrête là.

François Tranchant se lève. Il contourne son bureau. Les parents de Jacques se sont dressés. C'est fini. C'est vendredi. C'est plus rien. C'est juste un jour.

— Rougeron, vous pouvez regagner votre classe, dit le directeur.

Jacques hésite. Il hésite encore à laisser tout ces gens seuls entre eux.

— Madame, sourit Tranchant en tendant la main à Louise Rougeron.

Elle prend les doigts, elle serre un peu.

— Monsieur, sourit Tranchant en tendant la main à Lucien Rougeron.

Il prend les doigts, il secoue.

— Même si je condamne les initiatives personnelles au sein de mon établissement, même si la méthode d'approche de monsieur Mandrieu était plus que critiquable, je vous suggère de suivre son conseil et de consulter un spécialiste des troubles du langage, dit le directeur en raccompagnant le couple à la porte.

Il regarde Jacques.

— Quant à toi, tu devrais être un peu moins émotif.

Ce n'est pas parce qu'un professeur tue ses élèves à plaisir que ses élèves sont vraiment morts.

— Je sais, dit Bonzi.

— Jjjj… jjjje ssssa… sssaaais, dit Rougeron.

Jacques Rougeron va sortir. Ses parents sont à la porte.

— Restez monsieur Mandrieu, dit le directeur.

Monsieur Tranchant retourne à son bureau. Il regarde le petit dos de Jacques qui s'éloigne.

— Au fait, Rougeron, lance le directeur.

L'élève se retourne. Il est épuisé de tout ce temps.

— À quelle date Charles Cornwallis a-t-il gagné la bataille de Yorktown ?

Jacques est suffoqué. Il regarde monsieur Tranchant. Il regarde Manu. Il regarde la fenêtre. Il neige de nouveau. Des flocons plus gros, plus lourds, plus denses. Il se dit qu'avec le froid, la neige va tenir.

— Allez, je t'aide. Je te souffle le début : 1900 ? 1900 quelque chose ? 1900 quoi ? sourit le directeur.

— Mmm… mmmimimimi… mimille… nnn… nneuuuf ccccencen…

Manu regarde le directeur. Dans son fauteuil, monsieur Tranchant sourit.

— 1781, Jacques. Et je te rappelle que Cornwallis a été vaincu, murmure le maître d'histoire.

Jacques fait celui qui savait. Qui cherchait. Qui n'a pas pu dire. Il attend devant la porte et les bras ballants. Il hésite. Il se retourne.

— Ferme la porte Rougeron, dit monsieur Tranchant.

Bonzi ferme la porte. Voilà. C'est fini. Jacques Rougeron se retrouve dans le couloir. Il est debout. Il est vivant. Il a du chaud qui coule de sa nuque à son dos.

Manu et le directeur sont restés seuls.

— Quel con ce prof, dit papa Rougeron.

Maman Rougeron noue son écharpe. Elle regarde Jacques sur le pas de la porte.

— Ça va ? elle demande.

— Ça va, répond Jacques.

Ils marchent tous les trois pour un bout de couloir.

— Mais pourquoi un prof raconte des conneries pareilles ? Ça déboussole les enfants, murmure papa Rougeron.

Il est en colère. Il referme son manteau, il bataille avec sa ceinture, il met son chapeau.

— Nous avons perdu notre matinée, dit-il encore.

Jacques tourne à gauche. Ses parents vont tout droit, au bout du couloir, vers la sortie.

— Allez, dit le père.

Il embrasse son fils sur le front, du bout des lèvres. Il le regarde un instant. Il lui sourit. Il lui passe deux fois l'index sur le bout du nez.

— Non mais quel con ce prof ! dit-il en tournant le dos.

Maman Rougeron s'avance à son tour. Elle regarde son fils. Elle regarde tout au fond du fond de son petit. Elle le prend, elle le serre, elle est triste à pleurer. Elle l'embrasse sur une joue, sur l'autre, elle garde son visage de craie entre ses mains.

— Remercie bien monsieur Mandrieu, dit-elle.

Bonzi lève un sourcil étonné. Il proteste des lèvres.

— Tu sais très bien pourquoi je te dis ça. Alors remercie-le, s'il te plaît, pour toi et moi, redit sa mère.

Et elle le laisse. Comme ça. Au milieu du grand couloir. Elle trottine derrière son mari qui repart pour la ville. Qui a perdu son temps, qui a écouté des sornettes, qui est en colère pour la journée, qui a des histoires à raconter sur les professeurs à enfermer au Vinatier, chez les fous, avec oncle Maxime pour les garder.

Et elle le laisse là. Tout seul.

Elle se retourne. Elle lui fait son signe de main. Son baiser de vent, comme elle dit. Cinq doigts qui ondulent comme l'herbe sous la bise.

Vendredi 4 décembre 1964, 10 h 15

C'est monsieur Freyer qui surveille la classe. C'est toujours lui qui remplace monsieur Mandrieu quand le maître n'est pas là. Depuis le départ de Manu pour le bureau du directeur, monsieur Freyer fait ses gros yeux, sa grosse voix, ses sourcils de pas content. Il fait comme il peut. Il dit que cela suffit. Qu'il faut que le bruit cesse.

— Bon ! Ça suffit maintenant ! Il faut que le bruit cesse, dit monsieur Freyer.

Il se place devant le bureau, il ose rarement s'y asseoir. Il se donne une raison d'être là. Il essuie le tableau, demande d'ouvrir les livres, de ramasser les papiers jetés entre les tables, de se taire. Il est gros, presque chauve, il porte toujours ses lunettes sur le front. Il boite mais pas trop, juste un peu, pas comme Marthe la Folle. Il traîne la jambe gauche comme s'il venait de cogner son genou. Il porte une blouse grenat trop petite pour lui, toujours la même, toujours mal boutonnée avec des traces de craie aux poche.

— Il est toujours saoul, c'est pour ça qu'il cloche du pied ! avait juré le grand frère Laurain.

— Sa blouse, c'est parce qu'il boit de la vinasse et qu'il en met partout ! avait expliqué Lucien Fayon.

— Tiens, voilà Vinasse ! a dit Charnay, un jour.

Vinasse, Vinasse. C'est resté. On a même entendu

monsieur Tranchant dire *Vinasse* en se mettant en colère contre lui.

Lorsque Jacques Rougeron revient en classe, c'est Vinasse qui ramasse les boules de papier tombées sur l'estrade. Réveillon rit, Vandemer fait le hibou, Andreu lâche des pets de paumes de mains, Sicly se bat avec Pécous, Musset fouille son nez et Reverchon n'écoute pas.

Jacques Rougeron entre. Silence. Les visages se tournent vers lui. Il a ouvert la porte, l'a refermée. Il n'a rien dit. Il a traversé la classe, il a remonté l'allée centrale, il s'est assis à son bureau, il s'est penché, il a ramassé son cartable sous sa chaise, il a pris son livre de français, il l'a ouvert. Il a aussi ouvert sa trousse. Il a sorti un crayon.

— Alors, où en sommes-nous ? demande Bonzi.

Jacques Rougeron ne répond pas. Il attend que les regards cessent. Il est tête basse. Pas baissée, basse. Il regarde son crayon taillé au couteau de cuisine par maman Rougeron. Il est presque content. Il est soulagé de tout. Il est de retour. Il est de nouveau. Il a un père, et André Revol est vivant.

Il regarde André Revol. Ses cheveux taillés en l'air, sa petite tête vilaine, toute cabossée sur le dessus, ses yeux tellement bleus qu'ils en sont blancs. Il regarde André Revol vivant. Sans peste, sans tombe, sans rien, qui parle avec Ottaviani en faisant des gestes de doigts.

Puis Manu passe la porte.

Il entre. Pas le même, pas exactement. Il est toujours

aussi grand, avec ses bras pendants, ses bras qui tournent autour lorsqu'il explique. Il a toujours son long visage, ce maigre, ses lunettes rondes abîmées à la branche, ses cheveux jaunes et blancs, ses grandes mains. Il est entré pareil, revenu pareil, mais pas tout à fait.

— Manu a l'air encore plus triste, dit doucement Pécous.

Andreu le regarde, et Bonval, et Lhéris qui tousse.

— Non, ce n'est pas Manu, souffle gros Vandi en taillant son crayon.

Voilà, c'est ça. Ce n'est pas Manu. Même s'il enfile la blouse de Manu, l'homme qui vient d'entrer dans la classe est un autre que lui. Sans un mot, le nouveau Manu regarde monsieur Freyer rassembler ses livres. Il reste là, comme ça, à l'observer, puis retourne à la porte ouverte pour montrer le chemin. Monsieur Freyer fait tomber son crayon, rougit, s'excuse, le ramasse. Le nouveau Manu le regarde s'affairer. Vinasse traverse l'estrade, arrive à la porte. Le nouveau Manu le remercie sans mot, juste un signe de tête. On dirait que Manu n'a jamais aimé Vinasse. Il attend qu'il parte. Il attend que la porte soit refermée sur lui et que ses pas s'éloignent, très loin dans les couloirs.

Puis il tourne la tête. Il regarde sa classe. Il les regarde tous. Un à un. Il les regarde comme s'il les dessinait pour plus tard, pour après, pour peut-être, il les regarde comme s'il les quittait là.

Manu est retourné à son bureau. Il reste debout devant

sa chaise. Il sourit. Il passe des yeux de l'un aux yeux de l'autre. Il évite Rougeron. Il va de table en table, de blouse en cheveux, de mains en oreilles, de sourcils en coudes, de galoches en souliers. Il regarde sa petite armée d'hiver.

— C'est pas le regard de Manu, continue Vandi.

C'est ça qui a changé. C'est le regard de Manu. Il n'a plus son regard de classe. Il n'a plus son regard de maître. Il a un regard de rue, un regard de simplement passant, un regard sans lumière, un regard qu'on croise et qui ne répond pas.

Manu baisse les yeux. Il ouvre un cahier. Il le prend, il met sa main dans son dos puis va à la fenêtre.

— Jacques Rougeron au tableau, dit Manu en regardant dehors.

La neige a cessé.

— N'y va pas ! souffle Bonzi.

Jacques se lève lentement. Il tend la main vers le dossier de sa chaise, vers son manteau de laine grise. Il va le prendre. Il renonce. Il regarde tous ces regards tendus. Il baisse la tête. Il marche vers l'estrade en se voûtant le dos. Il remonte la travée.

— Approche, Jacques Rougeron, lui dit le maître.

Manu ne le regarde pas. Il doit voir son reflet dans la vitre, ou entendre le craquement du lino sous ses pas.

Rougeron tousse. Il met la main devant sa bouche. Il monte à l'échafaud, il s'approche du bureau du maître, il reste comme ça, immobile, sans rien tenter, comme un petit robot bloqué par un obstacle.

Manu se retourne, ouvre sa blouse, met une main

dans sa poche et s'assied sur un coin de bureau. Il regarde l'élève.

— Alors, Jacques Rougeron ? dit doucement Manu.

Jacques Rougeron le regarde. Il ne sait quoi. Il se demande.

— Alors, Rougeron ?

Bonzi le regarde. Il ne sait quoi. Il se demande.

— Tu ne dis rien ?

La classe bouche ouverte.

— Tu n'as rien à nous dire ?

Jacques est blanc. Bonzi est blanc. Ils ont leurs cernes bleus.

— Je crois pourtant que tu as une bonne nouvelle à nous annoncer.

Rougeron ouvre la bouche. Il regarde le maître, la fenêtre, l'arbre d'hiver. Il regarde Sicaut, gros Fischer, Poignant, Drelin. Il regarde André Revol qui est bien vivant.

— Allons, Jacques Rougeron, quand on apprend une bonne nouvelle, on la fait partager, sourit Manu.

Il descend de son bureau, il le contourne.

— Posons la question autrement, dit Manu.

Il va au tableau, cherche une craie au fond de sa poche. Il regarde les traînées blanches sur l'ardoise. Il écrit :

Pourquoi Jacques Rougeron est-il triste depuis mercredi ?

Manu se retourne. Il pose la craie sur son bureau et s'assied.

— Laurain au tableau, dit le maître, les yeux à la fenêtre.

Le grand Laurain se lève. Il traverse la pièce. La salle bruisse.

— Tu as lu la question ? interroge Manu.

— Oui, monsieur, répond Laurain.

Sur l'estrade, il y a François Laurain, Jacques Rougeron, Manu. Les deux premiers debout, le professeur assis. Il se lève à son tour. Ils sont les trois debout, face à la classe. En ligne, tous les trois exactement en ligne. Rougeron à gauche, Laurain à droite et Manu au milieu.

— Alors Laurain ?

— Il est triste parce que son père a disparu.

— E-xa-cte-ment ! articule Manu.

Il tourne sur lui-même. Revient à la classe.

— Exactement, redit le maître avec une voix très douce, le doigt sous la lèvre, une main dans le dos, penché en avant comme quand il fait l'ami.

— Il est triste parce que son père a… ?

— Disparu, marmonne la classe.

— C'est ça, disparu, reprend Manu.

Jacques Rougeron tremble. Il tremble dedans. Il claque du sang gelé. Manu va lui parler. Il va devoir répondre. Tout le monde va l'écouter. Jacques commence à frapper sa cuisse droite à poing fermé.

— Et n'est-ce pas normal d'être triste quand son père a disparu ?

Silence.

— Reverchon ? interroge Manu.

— Quoi m'sieur ?

— Tu m'écoutes ? C'est bien. Je répète : Et n'est-ce pas normal d'être triste quand son père a disparu ?

— Si m'sieur.

— Si quoi ?

— C'est normal d'être triste quand son père a disparu.

Manu ouvre grands ses bras. Il s'emporte.

— Oui ! C'est ça ! C'est normal ! C'est normal d'être triste quand son père a disparu parce que c'est important, un père. C'est grave, un père. C'est essentiel, un père. Même méchant, même absent, même ailleurs, même quand il lève le martinet. N'est-ce pas Ariès ?

— Oui monsieur, dit José Ariès.

— Oui quoi Ariès ? Oui quoi ? Il faut dire les choses, pas seulement *oui m'sieur* et *non m'sieur*. Ton père te bat des fois, Ariès ?

— Oui, il me bat des fois, monsieur.

— Mais c'est ton père, Ariès.

— Oui, c'est mon père, monsieur.

— Et ton père est important pour toi ?

— Oui monsieur.

— Voilà, dit Manu.

Il se calme. Il sourit. Il croise les bras. Il regarde le silence. Il tend une main vers la classe.

— Que ceux qui n'ont plus de père lèvent le doigt.

Ils n'ont pas bien entendu. Vandemer cherche quelque chose dans sa narine, Courtois-Favre ramasse un cahier sous son bureau.

— Je répète : qui n'a plus son père, ici ?

— Toi Bonval, lui dit petit Fayon d'un coup de coude.

Bonval le regarde. Il regarde Manu. Il lève un peu la main.

— Plus haut, demande doucement Manu.

Bonval lève plus haut.

— Et toi aussi Couturier, je crois ? dit le maître.

Drelin hoche la tête.

— Alors fais comme Bonval, lève le doigt, dit Manu bras croisés.

Drelin lève le doigt.

Deux doigts levés en classe.

— Plus haut, allez, jusqu'au plafond murmure Manu.

Il se lève lentement, croise ses mains dans le dos et va à la fenêtre.

— C'est ça, vos doigts bien levés jusqu'au ciel, il murmure encore.

Et puis il reste comme ça, le front dans son bras posé contre la vitre. Voilà. Il y a Bonval doigt levé, Drelin doigt levé et Manu qui regarde dehors.

Silence.

Reverchon lève et baisse le doigt en faisant une grimace. Ottaviani joint son pouce et son index pour faire un cercle de fille et enfile dedans l'index de l'autre main. Courtois-Favre tourne son doigt sur sa tempe.

— Je vois tout, murmure Manu sans se retourner.

La classe se fige. Restent deux mains levées. Reste le murmure des autres à travers les cloisons, un rire dans le couloir, un éclat de voix dans la cour, le charbon qui ronfle dans le poêle, un froissement sous un bureau, la toux sèche de Lhéris le Parisien.

— On peut baisser le doigt ? demande Bonval.

— Pas encore, Rougeron va compter, répond Manu.

Jacques regarde le dos du maître, le doigt de Bonval, le doigt de Drelin, il regarde tous les autres qui le regardent, il regarde son banc, son bureau vide, son cartable mou sous sa chaise. Il pense à son lit. Aux lattes de pin. Il s'imagine glissé dessous, son crayon à la main.

— Tu écrirais quoi ? demande Bonzi.

« Vendredi 4 décembre, 10 h 25.
Qu'est-ce qu'il va dire Manu, maintenant ? »

— Rougeron, compte le nombre de doigts levés, dit Manu.

Jacques regarde encore Bonval, Drelin, il regarde la classe, toutes ces mains sur les tables.

— Ddd… ddeux, mmonsieur, souffle Jacques.

— Combien Rougeron ?

— Ddd… ddeux…

— Couturier, Bonval, à mon bureau, continue Manu en allant s'asseoir.

Les deux élèves se lèvent. Ils avancent en silence. Ils montent la marche en bois, ils s'arrêtent devant le bureau du maître.

— Retournez-vous face à vos camarades, dit Manu.

Sur l'estrade, il y a Jacques Rougeron, François Laurain, Adrien Couturier, Laurent Bonval et Manu.

— Bonval, il est où ton père ?

— Il est mort, dit Bonval.

— Quand ?

— Quand j'avais cinq ans.

— Il est mort comment, ton père ?

— Dans un accident.

— Un accident ?

Bonval regarde Manu. Il semble dérouté.

— Parle à Rougeron, pas à moi, dit doucement Manu.

Bonval regarde toujours le professeur.

— Tourne-toi vers Rougeron et parle-lui à lui, répète Manu.

Bonval se tourne vers Rougeron.

— Un accident ? reprend Manu.

— Il est tombé d'un toit, répond Bonval.

— Qu'est-ce qu'il faisait sur ce toit ? demande Manu.

— Il le réparait.

— C'était son métier de réparer les toits ?

— Il était charpentier, dit Bonval.

Manu s'approche. Il se place derrière Bonval. Il lui met les mains sur les épaules. Bonval sursaute. Puis se tasse.

— Rougeron ? Regarde Bonval quand il te parle.

Bonzi relève les yeux. Il voit Bonval, et les mains de Manu sur ses épaules. Il voit Bonval et Manu qui le regardent. Et Drelin qui le regarde, et Laurain qui le regarde aussi. Et tout le monde qui le regarde. Il tremble toujours. Il est gelé.

— Tu as pleuré quand ton père est mort, Bonval ?

— Oui monsieur.

— Pourquoi ?

Bonval regarde le professeur penché sur lui.

— Parle à Rougeron, dit Manu.

Bonval se retourne.

— Pourquoi as-tu pleuré, Bonval ?

— Parce que c'était mon père.

— Parce que c'était mon père, répète Manu. Tu étais triste ? Ta maman était triste ? ta famille était triste ?

— Oui monsieur.

Jacques Rougeron regarde les larmes de Laurent Bonval. Des petites larmes de côté, sans rien d'autre.

— Il s'appelait comment, ton père ?

— Charles, dit Bonval.

Manu se tourne vers Drelin.

— Et toi, Couturier ?

Il va le chercher au fond, le ramène, le pousse doucement dans le dos vers Rougeron, pose ses mains à plat sur ses épaules.

— Rougeron, regarde Couturier quand il te parle, dit Manu.

Jacques relève encore la tête. Il est bouche froide. Langue carton, palais sec. Il a envie de faire pipi. Il attend la question. Il fait une réponse en tête. Rien. Aucun son de rien.

— Qu'est-ce qu'il va dire, maintenant Manu ? demande Bonzi.

Jacques Rougeron regarde Drelin. Il regarde encore les mains du maître sur ses épaules. Il regarde la classe du coin d'un œil. Courtois-Favre, Boczov, Lhéris, Menard, Andreu, les premiers rangs silencieux.

— Ils sont morts comment, tes parents ?

— Moi, j'ai pas connu mes parents, dit Drelin.

— Tu ne sais rien d'eux ?

— Non, dit Drelin.

— Leur prénom ? Une photo ? Un souvenir ?

— Non.

— Alors tu n'as jamais eu de papa et de maman ?

— J'ai papa Antoine et Maman Lucienne.

— Mais ce ne sont pas tes vrais parents ?

Drelin baisse la tête.

— Si, maintenant ce sont mes vrais parents.

— Mais pas tes vrais vrais vrais parents ?

— Non, dit Drelin.

— Et tu aurais aimé embrasser ta vraie vraie vraie maman ?

Andrien Couturier ne dit rien. Son menton tremble.

— Et tu aurais aimé jouer au foot avec ton vrai vrai vrai papa ?

Bonval pleure. Couturier renifle que oui.

— Et vous étiez tristes pour Rougeron quand il vous a dit que lui aussi il avait perdu son papa ?

Drelin hoche la tête. Bonval hoche la tête.

Manu se penche. Il pose un baiser sur les cheveux noirs de Couturier. Puis il fait trois pas, et embrasse légèrement les cheveux gras de Bonval.

Bonzi regarde la classe. Elle est paralysée. Même le silence est immobile. Seul gros Fischer étouffe un rire.

— Bon, retournez à vos places, dit Manu.

Jacques respire en grand.

— Pas toi, Rougeron.

Bonzi se tasse.

Drelin redescend vers sa place, et Bonval, et Laurain. Ils retournent à leurs bureaux et les autres les regardent. Ils les regardent comme on observe des nouveaux venus.

Sur l'estrade, restent Manu, Rougeron et Bonzi.

— La bonne nouvelle, maintenant, dit Manu.

Il se tourne vers Jacques Rougeron.

— Je te laisse la dire à tes camarades ?

Il baisse la tête.

— L'écrire ?

Il fait non de partout.

— Alors c'est à moi de le dire, ou plutôt de vous l'annoncer, dit Manu.

Il se tourne vers le tableau.

Pourquoi Jacques Rougeron est-il triste depuis mercredi ?

— Vous allez lire cela à voix haute et tous ensemble.

La salle s'agite.

— Prêts ? demande Manu.

La salle se calme.

— Jacques Rougeron, mets-toi là, dit le maître.

Il indique à l'élève le milieu de l'estrade.

Jacques fait quatre pas sur le côté.

— Regarde tes camarades.

Il regarde tout le monde à la fois, et aussi la porte, les fenêtres du couloir, l'horloge du vendredi.

— Prêts ? redemande Manu.

Silence.

— Lisez.

— Pourquoi Jacques Rougeron est-il triste depuis mercredi ? récite la classe.

Manu a fermé les yeux. Il les ouvre. Il regarde Rougeron.

— Lisez encore une fois, dit Manu.

Il lève les bras en chef d'orchestre. Il agite ses grandes mains ouvertes.

Bonzi regarde. Il regarde Revol, il regarde Bonval, il regarde Ariès, il regarde Chabanne, il regarde Toto Braux, il regarde Sicaut. Il entend leurs voix une à une. Des voix claires, des voyelles claires, des consonnes claires, des phrases claires, une chorale.

— Bieeen, dit Manu.

Il montre la phrase de sa baguette bleue.

— La réponse était donc : Jacques Rougeron est triste parce que son père a disparu.

Manu se rapproche de Jacques. Il le prend par les épaules, le tourne face aux élèves, bien droit, bien seul, bien au milieu de l'estrade, là où reste tracée une vieille croix à la craie.

— Mais je vous avais parlé d'une bonne nouvelle. Et la bonne nouvelle, c'est que le père de Jacques Rougeron est rentré à la maison.

— Hoooooooo ! fait la classe.

— Il n'est pas mort, il n'a plus disparu, il est revenu. Il était tout à l'heure dans le bureau de monsieur le directeur et il sera chez lui ce soir. Et comme je sais que tout le monde ici s'est inquiété pour Jacques Rougeron, comme je sais que vous étiez tous un peu tristes pour lui, comme je sais que certains d'entre vous lui ont parlé et ont essayé de l'aider, je tenais à ce qu'il vous remercie publiquement de votre soutien et de votre gentillesse.

Les mains de Manu se sont posées sur les épaules de Jacques. Mais pas pareil. Pas papillons comme sur celles de Bonval, pas caressantes comme sur celles de Drelin. Elles sont posées comme pierres. Lourdes et dures. Elles serrent, elles pincent, elles pèsent. Elles font presque mal.

— Remercie tes camarades, dit doucement Manu.

— Mmmm… mmm… mmmm… mmm…

Il souffre. Il se tord. Il a la bouche ouverte comme une cuvette de chiottes, avec le rabat qui claque des dents.

— Allez, allez, un petit effort.

— Mmmeeee… mmmeeeee… mmmeeee.

Bonzi pleure. Il regarde les autres. Tous sont pâles comme lui. Personne ne parle, ne rit, ne bouge. La classe de Louis Mandrieu a cessé d'exister.

— Mmmmeeerrrr…

Gros Vandi a des larmes. Réveillon est fripé. Bonval s'est couché dans ses bras. Sicaut, Fayon, Reverchon, Andreu, Courtois-Favre font merci dans leur bouche.

— Allez, tu y es presque.

— Meeeerrrrr…

La cloche de Portal. Jacques sursaute, se tait. Sicaut se cogne à son bureau. Vandi pousse un petit cri. Poignant râpe sa chaise. La cloche déchire, elle hurle son métal.

Manu regarde la fenêtre. Le simplement gris.

— Je considère que *merci* est dit. Rangez vos affaires.

Ils rangent en silence, sans un bruit, tête basse, comme on fait l'inventaire dans la maison du mort.

Et Jacques Rougeron reste là. Avec Bonzi. Au milieu de l'estrade, à attendre. Manu s'approche de lui. Il lève une main légère, comme une feuille de novembre, il l'agite lentement, il la fait tournoyer, il la pose doucement sur ses cheveux, il l'enfonce dans la touffe en épi, il le décoiffe en shampooing pour rire.

— Je crois que nous nous sommes tout dit non ?

Jacques Rougeron le regarde. Son menton frémit. Ses yeux sont à genoux.

— Allez, toi aussi petit bonhomme, va ranger tes affaires, lui dit Manu.

Bonzi descend la marche en bois. Il retourne à sa table. Il range son crayon dans sa trousse.

— C'est super pour ton père, lui dit Vandi.

— C'est bonnard ! dit aussi Menard le loucheux.

— Je suis content pour toi, dit Bonval le sans père.

— Tu vois, fallait pas t'inquiéter, dit Drelin l'orphelin.

— Ne leur réponds pas, souffle Bonzi.

Jacques ne répond pas.

— Range tes affaires, ne parle pas, ne regarde personne.

Jacques Rougeron ferme sa trousse, son cartable. Il met son manteau gris. Derrière lui, la classe chuchote. Puis parle. Puis crie. Les bruits du vendredi reviennent un à un. Les chaises, les claquements de pupitres, les rires, les pas forcés, la fenêtre qui s'ouvre pour aérer la pièce.

— C'est fini, dit le petit Bonzi.

Jacques prend le chemin de la porte.

— Ça y est, c'est fini, répète Bonzi.

Jacques suit les dos. Il suit Poignant, il suit Chabanne, il suit Lhéris qui tousse, il suit Andreu, il suit Boczov. Il ne se retourne pas. Dans quelques jours, c'est Noël, et il n'est pas mort. Et tout est arrangé. Et il va courir vers la maison avec le cœur en l'air. Et la neige va tenir. Il suit Boczov. Il va passer la porte. Il ne se retourne pas. Juste devant Boczov, il y a Sicly et Vandi à côté et encore Braux derrière. Il ne se retourne pas. Il arrive dans le couloir. Il a froid. Il a oublié son écharpe noire sur le dossier de sa chaise. Il s'en retourne. Il revient. Dans la classe, il n'y a plus personne. Il traverse la salle en marchant sur les pointes. Il va à son bureau. Il prend l'écharpe oubliée. Il la met. Il referme son manteau, jusqu'au col avec le bouton de nacre. Il regarde le maître qui est à la fenêtre. Il regarde le tableau avec sa phrase dessus. Il revient à Manu. Sa blouse grise. Ses cheveux qui s'en vont. Ses chaussures fatiguées. Le chiffon à craie qui dépasse de sa poche. Il a posé la tête dans le creux de son bras. Il est à la croisée. Il regarde la neige. Il regarde le ciel.

Jacques Rougeron ne fait pas de bruit. Il laisse sa chaise au milieu de l'allée. Il s'en va doucement. Il tient fort serrée la poignée de son sac. Il arrive à la porte. Il se retourne. Encore, il regarde le maître. Il ouvre la bouche, à peine. À peine un filet d'air au travers de ses lèvres. Tout juste ce qu'il faut pour murmurer merci.

— Merci, dit Jacques Rougeron.

Manu n'a pas bougé. Il a les mains posées sur la croisée ouverte et la tête enfouie dans le creux de son bras. La neige entre, et le vent. Il frissonne.

— Il pleure, dit Jacques.

— Il ne pleure pas, répond le petit Bonzi.

Lundi 7 décembre 1964, 3 h 10

Jacques vient de se réveiller. D'un coup, brutal. Il a sursauté. Un bruit dans le couloir, une voix dans la rue, quelque chose qui tombe, il ne sait plus. Il était couché sur le ventre, les mains cachées sous l'oreiller. Il a eu peur, le sang aux tempes, du chaud plein le front comme après les coups. Il s'est retourné. Il s'est assis dans son lit, les yeux cognés à la fenêtre, le cœur sur les draps, du carton en gorge, la bouche grande ouverte. Il respire fort. Il a envie de vomir. Il lui faut tout rassembler. Nous sommes la nuit, la nuit du dimanche, lundi presque. Tout va bien. Tout est terminé. Il n'a plus rien à craindre de personne. Ni de papa Rougeron, ni de Manu, ni de méchant Lucien Fayon. Tout est vraiment, vraiment, vraiment terminé. Il est fatigué. Le silence est revenu. Son front se calme. Le sang est retourné ailleurs. Son cœur ne bat presque plus. Il se couche sur le dos. Il va se rendormir. Il attend que sa nuit revienne. Il regarde la lumière orangée du dehors, un phrare de voiture dans le coin du plafond. Il écoute la maison qui rien. Il pose sa main sur son front. Il ferme les yeux comme on tourne le dos. Il s'endort lentement. Il s'en va. Son tic au creux du bras. Un mouvement de nez qui le gratte. Il a des cercles argentés derrière les paupières, des pointillés, des stries lumineuses, et des gris, des bleus, des noirs. Il renifle. Il dort.

Lundi 7 décembre 1964, 7 h 25

Jacques a tiré la porte de papa et maman Rougeron. Il l'a refermée soigneusement, sans bruit, sans rien qui claque ni rien qui dérange, la main arrondie sur la poignée de cuivre. D'un geste du pied, il a remis leur paillasson bien en place. Lentement, il a descendu les escaliers, les doigts traînant sur le froid de la rampe. Il est passé devant les portes closes. Il a écouté le bruit de chez les autres. Derrière le canard jaune de monsieur et madame Radisson, il a distingué un raclement de gorge, un bruit de robinet et une musique de radio. Chez mademoiselle Théret, il n'y avait que du silence. Chez monsieur Presnaut, il a entendu comme un soupir de chaise qu'on dérange. Monsieur et madame Vallian n'étaient pas là. Souvent ils crient, le soir. Des mots gonflés de consonnes qu'on ne peut pas comprendre.

— Ils parlent en étranger quand ils sont en colère, a expliqué maman Rougeron.

Jacques est arrivé près de la porte qui donne sur la rue. Il avait bien dormi. Quand même, il était fatigué. Dans la vitre, il a regardé son reflet, le pâle de son visage et ses cheveux défaits. Il a regardé son manteau de laine grise, ses genoux bosselés, ses chaussettes montantes et son écharpe noire. Il avait toujours ses cernes autour des yeux. Avant d'ouvrir la porte, il s'est baissé. Il a relevé la fermeture éclair de ses chaussures. Jacques était agenouillé. La lumière s'est éteinte. Tout est devenu lundi matin. Il est resté comme ça, dans le noir de l'escalier. Puis il s'est relevé. Il a soufflé du chaud contre la vitre. Avec le doigt, il a écrit « *lundi* » dans la buée.

Vendredi soir en rentrant de l'école, tout était apaisé. Papa Rougeron sifflait derrière la porte. Maman Rougeron avait entendu le pas léger de son fils dans les escaliers. Elle avait dû le guetter par la fenêtre, le regarder tourner au coin avec son sac à bout de bras. Elle avait dû suivre la petite tache grise qui remontait l'allée sans s'arrêter au bac, sans caresser le banc, sans parler à personne. Elle avait ouvert la porte avant même que son fils ne sonne. Elle avait les yeux qui revenaient de loin. Elle souriait triste. Son sourire de maman Rougeron, du timide barbouillé autour des lèvres closes. Elle semblait épuisée. Elle ressemblait à maman Rougeron après son opération du ventre, il y a trois ans, lorsque Jacques est allé la voir sur son lit d'hôpital. Elle avait le même gris de peau, les mêmes cheveux malades couleur de l'oreiller. Elle a pris le cartable de son fils. Elle lui faisait barrage. Elle est restée dans le couloir, elle a refermé légèrement la porte derrière elle. Elle s'est penchée vers Jacques. Elle avait sa voix en secrets, et lui ses mots de bègue.

— Tu as remercié monsieur Mandrieu ?

— Oui.

— Qu'est-ce qu'il a dit ?

— Rien.

— Comment tu l'as remercié ?

— Je lui ai dit merci.

— Mais comment ? Tu lui as dit comment ? Tu as été le voir ?

— Il regardait par la fenêtre.

— Quoi ? Comment ça : il regardait par la fenêtre ?

— Quand je lui ai dit merci, il regardait par la fenêtre.

— Il regardait quoi ?

— Je ne sais pas.

— Il t'a répondu quelque chose ?

— Non.

— Tu es sûr qu'il t'a entendu ?

— Je ne sais pas, dit Jacques.

Maman Rougeron a observé son fils. Il baissait la tête. Il regardait le paillasson de travers, un peu remonté contre le mur. Il avait du froid aux joues.

— Entre, elle a dit.

Elle s'est effacée.

Jacques est entré. Elle l'a suivi dans le couloir. D'un geste, elle a enlevé le manteau de laine grise.

— Le bouton tient bien ?

— Oui, a répondu Jacques.

C'est le lundi matin.

Jacques Rougeron pousse la porte vitrée. Il relève son écharpe sous le vent qui mordille. Il lève les yeux. La lumière est allumée dans la chambre de Martine Giboulet. Il cherche son ombre. Il longe l'herbe, descend les quatre marches et entre dans le bac à sable. Il va au banc blessé. Juste, il pose sa main sur le rugueux. Il touche la pierre froide comme on touche un bois de bateau. Il passe par-dessus la petite haie, il descend le trottoir, il tourne à droite dans la rue Commandant Charcot. Il est seul. Il est léger de tout. Il regarde les grands arbres qui protègent le fort Saint-Irénée. Il regarde le ciel, les fumerolles blanches et grises qui errent en petit jour au-dessus d'Écully. Il arrive rue des Pommières. Il marche sur le glissant.

Samedi, papa Rougeron est entré dans la chambre de son fils. Il souriait. À la main, il tenait son cahier de cuir rouge grand ouvert et lanières détachées. Jacques ne faisait rien. Il était assis sur son lit. Il cherchait des choses à la fenêtre.

— Fais-moi une petite place, a dit papa Rougeron.

Il s'est assis à côté de son fils. Il a posé son cahier sur ses cuisses pour lui montrer la page qu'il venait de finir. Il y avait des mots soulignés, des points d'exclamation et trois petites images découpées.

— Ça m'a pris du temps, mais j'ai eu leurs photos, a dit papa Rougeron.

Jamais il n'avait collé d'image dans son cahier. C'était les trois premières.

— Maintenant, je chercherai toujours les photos qui vont avec, il a expliqué.

Tout en haut de la page, en grandes lettres bleues, il avait écrit :

Voskhod 1.

Puis en rouge, la date du 12 octobre 1964.

— Cela fait deux mois que je cherche leurs trombines, a encore souri papa Rougeron.

Son ongle a tapoté la photo des cosmonautes.

— Regarde un peu ça.

Il avait glissé le cahier de ses genoux à ceux de Jacques. Avec son doigt de plâtrier, il suivait ligne à ligne en lisant à voix d'homme.

— *« Fusée Voskhod 11A57. Nom de code du lancement : rubis. C'est le premier vol spatial multiplace de l'histoire et les premiers cosmonautes envoyés dans l'espace sans scaphandre. »*

Jacques regardait le doigt. Il regardait les écorchures bleues autour de l'ongle, la peau abîmée, les rides de travail, la cicatrice blanche qui courait de la dernière phalange jusqu'à la paume de main. Il regardait les lettres pointues, penchées comme sous le vent, ces couleurs à souligner, ces points d'exclamation, tout ce temps passé à passer le temps.

— Regarde ça. Il y a tout, là. *« Décollage du cosmodrome de Baïkonour à 7 h 30 GMT et atterrissage le 13 octobre à 7 h 47 GMT, après 16 révolutions orbitales et 24 heures et 16 minutes de vol !!! »*

Son doigt sur le papier.

Il a tapoté, il a lissé, il est revenu lettre à lettre et s'est arrêté sur les trois photos. Trois petits visages d'hommes qui portaient un bonnet clair et mou.

— Tu peux lire ça ? C'est du soviétique ! a dit papa Rougeron.

Il a placé son doigt sur la première ligne.

— Vvv… vv… vvllaaa…

— Vladimir Komarov, a soufflé le père.

Il est passé à la deuxième, comme on caresse une image pieuse.

— Lui c'est Constantin Feoktistov. Et celui-là, il s'appelle Boris Egorov.

— Ça se termine tout en « ov », a bredouillé Jacques en craquant ses mots.

— C'est du soviétique, a répété son père souriant.

Il a levé le cahier, l'a placé devant lui.

— Alors ? Tu trouves comment ?

— Bbbeau.

— Beau, mais il manque quelque chose, et c'est pour ça que je suis venu te voir.

Papa Rougeron a pris la main de son fils dans la sienne.

— Depuis mon accident, il me manque ton application.

— Mmmmon aaapp… ?

Le père ouvre sa grosse main, fait lentement bouger ses doigts.

— Ton application, ta minutie. Ce que toi tu sais encore faire sans trembler.

Papa Rougeron était assis sur le petit lit. Le père, le fils, presque peau à peau, avec le grand cahier ouvert. Un instant, maman Rougeron a passé la tête. Elle a regardé son fils, son mari, les siens et le jour gris qui longeait le mur. Elle a souri. Elle est repartie sans un mot. Il y a eu un bruit gai d'eau dans la cuisine. Le couvercle léger de la cocotte. Un petit fredonnement de lèvres.

Papa Rougeron s'est levé. Il a posé le cahier ouvert sur la table de Jacques et lui a tendu un crayon rouge.

— Je veux que tu entoures proprement les photos, comme un cadre.

— Un cadre ?

— Comme un cadre, bien droit, à la règle avec de beaux angles. Comme ça, la page sera finie.

Jacques Rougeron s'est levé à son tour. Il a ouvert sa trousse et pris une règle plate.

— Assieds-toi, c'est mieux, a dit le père en tirant le tabouret.

Le fils s'est assis. Il s'est voûté jusqu'à toucher la feuille, bouche entrouverte et les yeux presque clos. Il a posé sa règle contre la photo de Vladimir Komarov, et tracé un premier trait dans la marge blanche. Une fois le rectangle terminé, il a recommencé. Un trait plus épais et plus large pour entourer le premier. Dans son dos, papa Rougeron n'a rien dit. Il a regardé la règle, le crayon rouge bien taillé, les deux droites qui se rejoignaient lentement. Komarov, Feoktistov, Egorov, trois encadrements doubles, rouges, vifs, qui ont transformé le papier collé en gravure solennelle.

— Ça, c'est du travail ! a dit papa Rougeron.

Il a pris le cahier. Il l'a tendu à deux mains devant lui. Il est allé à la fenêtre pour jouer avec les restants de lumière. Puis il l'a refermé. Il a fait un nœud double avec les lacets. Il s'est approché de Jacques. Avec l'index, il lui a touché deux fois le bout du nez en l'appelant son petit cosmonaute.

C'est le lundi matin.

Comme chaque jour, Jacques s'arrête dans la rue des Pommières. Il laisse tomber son sac sur le pavé mouillé. Il s'adosse au mur froid. Il regarde à droite, à gauche, il écoute les arbres. C'est comme s'il reprenait sa respiration. Juste avant de repartir, juste avant la rue Appian, la rue de la Favorite et la place de Trion. Il pose la main sur le mur, les pierres rondes fichées dans le ciment noirci. Il touche les brisures de roche, le lichen gris, la petite meurtrière pleine de terre, d'humide et de sale. On dirait qu'il parle. Ses lèvres bougent un peu. Il sursaute, se reprend. Il se baisse, ramasse son cartable et se remet en marche.

Ce matin, Jacques Rougeron n'a plus peur. Il va voir Boczov, Vandi, Dinh, Lhéris, Réveillon, Vandemer. Personne ne le regardera. Il arrivera place de Trion, sous le marronnier noir. Il verra qui attend l'heure de la classe assis sur le banc de bois. S'il n'y a personne, ou que Chabanne, Toto Braux et Andreu à qui il ne parle jamais, il ne s'arrêtera pas, rebroussera chemin et continuera vers l'école.

Aussi, comme tous les autres, il chantera :

— Drelin ! Drelin ! Drelin !

En moquant Couturier qui a mis une chaussette bleue et une chaussette blanche. Il marchera comme tout le monde. Il remontera la rue des Fossés de Trion. Il arrivera rue Benoist Mary. Il jouera à se bousculer devant la porte au lion. Il regardera le ciel en cherchant trace de neige. Il se mettra en rang dans la cour. Il prendra la main de Menard, comme font les tout-petits. Menard enragera. Il entendra la cloche de Portal. Il regardera Manu arriver par le grand escalier. Il entendra le maître choisir l'ouvreur de marche. Il se mettra en route tout au milieu des autres, en frappant le sol comme un soldat de guerre. Il ressemblera à Pécous, à Revol, à Sicly, à Charnay. Il ressemblera au lundi.

Exprès, il glisse un peu sur le pavé mouillé de la rue des Pommières. Un pied, l'autre, il laisse crisser sa semelle de caoutchouc. Une fois encore, il s'arrête. Il lève la tête devant l'arbre au pendu. Il regarde les branches noires. Il imagine le chat, et puis l'homme ballant.

— Rougeron ?

Jacques se retourne. Gros Vandi lui fait signe, à l'angle de sa rue.

— Tu parlais à qui ? demande Vandi.

— À ppperss… perssonne, répond Jacques Rougeron.

— Tu déconnes ? Je t'entendais d'ici !

Jacques ne répond pas. Du pied, il heurte un caillou gris. Il marche plus vite, le souffle de l'autre à ses côtés.

— Tu parlais à quelqu'un ?

Vandi regarde Rougeron. Il observe son profil. Un petit front de rien, un menton faux-fuyant, des cheveux peignés à coups de doigts. Il regarde son manteau gris, sa culotte courte et ses jambes rouges. Richard Vandi porte un pantalon long. Presque tout le monde, porte un pantalon long.

— On passe par Trion ? demande Vandi.

Jacques hoche la tête.

Sur le banc du marronnier triste, il n'y a que Toto Braux, Chabanne et Andreu.

— J'y vais pas, dit Jacques.

— Moi non plus, répond Vandi.

Alors ils font demi-tour, reviennent par la rue de la Favorite et la rue Appian.

Devant la porte de l'école, la foule des dos. Toujours, leur classe à eux se masse à gauche, face au lion sculpté en 1885 au-dessus de la corniche. Charnay fait son air, Reverchon bouscule Andreu, petit Fayon cherche quelque chose dans son cartable. Jacques Rougeron n'a plus peur. Il est comme tout le monde. Il a le cœur entier, avec une maman dedans et un papa autour. Personne n'est plus son Monsieur le surveillant. Il n'y a plus d'herbe. Il n'y a pas eu de peste. Personne n'est mort. Personne n'est malade. Personne n'a disparu, et c'est bientôt Noël.

Portal met le pouce sur son bouton de sonnette. La porte s'ouvre en grand. Sicly, Charnay, Boczov et Rougeron sont épaule contre épaule. Ils rient dans la cohue. Ottaviani a levé son cartable rouge pour ouvrir la voie. Les autres classes s'assemblent près du préau. On entend crier les filles de l'autre côté du mur. Sans attendre Manu, les élèves se mettent en rang par deux. Jacques Rougeron tend le bras vers Menard le loucheux et lui saisit la main.

— Arrête Rougeron !

— Mais, je te donne la main, bégaye Jacques en riant.

— Arrête, c'est pas drôle de faire ça à chaque fois, dit Menard qui se débat.

— C'est pour pas que tu te perdes à la grande école, continue Rougeron.

Jacques le lâche. Menard grogne un peu, retire sa main froide et la cache au fond de sa poche.

Les autres classes entrent, une à une, les maîtres à leurs côtés.

Dans la cour maintenant, il n'y a plus qu'eux seuls. Vingt-huit enfants en rang de froid avec les mots qui commencent à manquer.

Portal traverse le préau. Il ne les remarque pas.

Vandi regarde leurs fenêtres noires.

— La classe est même pas éclairée, dit-il.

Courtois-Favre se mouche. Pécous et Vandemer sont sortis du rang. Ils ont fait quelques pas vers le grand escalier.

— Tu vas voir si Manu arrive ? demande Charnay.

Vandemer dit que oui. Il court vers l'escalier, s'arrête brusquement, revient et reprend sa place en soufflant.

— C'est Vinasse, dit Vandemer.

— Quoi, Vinasse ? grogne Sicly.

Monsieur Freyer débouche, la jambe lasse, ses lunettes levées sur le front. Il a mal boutonné sa blouse grenat. Le pan de droite traîne sur son pantalon, l'autre s'ouvre en grand sur son ventre.

— Oh non ! Pas Vinasse, souffle Laurain.

Vinasse a un cartable noir sous le bras et une carte de géographie roulée à la main. Il s'avance vers la compagnie. Il fait le solennel. Il a ridé son front.

— Bon, dit-il, on va faire comme vous faisiez avec monsieur Mandrieu.

Il se redresse, regarde la petite cohorte.

— En ordre de marche !

Vandi et Laurain se regardent. Sicly se remet droit. Courtois-Favre ramasse le cartable tombé à ses pieds. Sicaut parle avec Boczov. Un murmure file de lèvres en lèvres, puis la classe reforme le rang. Le bruit des galoches et des nez qui reniflent. Plus un mot. Juste des regards errants, des moues qui s'interrogent et le vent en cristaux qui balaye les nuques.

Vinasse fouille dans sa poche de blouse, en sort une feuille et la déplie. Il regarde les écoliers, il met ses lunettes, il lit. Il semble hésiter. Il choisit le premier nom inscrit sur la liste.

— Je nomme Andreu ouvreur de marche, dit monsieur Freyer.

L'écolier ne réagit pas tout de suite.

— Andreu ? redit Freyer.

Ariès donne un coup de coude à son voisin.

— T'es ouvreur, il glisse.

Paul Andreu le regarde, regarde Vinasse, quitte sa place lentement, longe la file en raclant du pied et prend la tête de la troupe.

— Préparez-vous à avancer, dit encore monsieur Freyer.

Son cartable sous le bras, il boite jusqu'en fin de cortège. Il regarde les nuques, les dos, les mains cachées dans les manches. Il regarde le caban bleu de l'ouvreur de marche. Il écoute ce silence opaque d'avant neige.

— Il est où, Manu ? demande doucement Chabanne.

Ariès lève les épaules pour dire qu'il ne sait pas.

— On regagne la salle de classe, dit Vinasse.

Paul Andreu se met en route. Il conduit les autres. Il claque un peu les pieds, pas trop.

— Il faut qu'on vous entende jusqu'au ciel, avait dit Manu.

Aujourd'hui, personne ne peut entendre leurs pas depuis le ciel. Derrière Andreu, la classe traîne mollement ses souliers d'hiver. Ce n'est pas comme les autres matins. Ce n'est pas une armée qui s'en va faire sa guerre. Ce n'est pas une compagnie du lycée impérial. Il n'y a pas de cocarde, de tricorne, d'uniforme bleu. Personne n'a le clairon en tête. Même Andreu n'est pas un vrai ouvreur de marche. C'est un écolier qui renifle. C'est un rang d'écoliers qui traverse la cour. Des gamins qui entrent en classe. C'est rien. C'est plus rien.

Paul Andreu gravit l'escalier de pierre. Il monte lourdement, et la main sur la rampe. Derrière lui, le rang s'est rompu. Chaque élève marche à sa peine, et c'est tout. Il y a Louis Charnay et Claude-Henri Courtois-Favre, Gilbert Dinh et André Revol, José Ariès, Roger Fayon, Pascal Reverchon, Philippe Chabanne, Charles Umblot, Arno Fischer, Nicolas Poignant et Abel Sicly, Georges Tardier et Luc Vandemer, Richard Vandi et Jean Pécous, Gérard Sicaut, Laurent Bonval, Yves Réveillon, Mathieu Lhéris et Dominique Ottaviani,

Adrien Couturier et Simon Boczov, Antoine Braux, François Laurain et Bruno Musset. Et aussi Jacques Rougeron, tout gris dans son manteau de laine, tout maigre avec ses cernes, tout dépeigné de nuit, tout inquiet, tout triste de Manu, tout seul de Bonzi qui n'existe pas. Jacques Rougeron qui cherche la main froide de Julien Menard parce qu'il a peur de se perdre.

Table

Composition réalisée par IGS

Imprimé en France par CPI
en octobre 2015
N° d'impression : 2018881
Dépôt légal 1re publication : septembre 2007
Édition 07 - octobre 2015
LIBRAIRIE GÉNÉRALE FRANÇAISE
31, rue de Fleurus - 75278 Paris Cedex 06

31/1845/2